Júlia Nery

Der Konsul

Aus dem Portugiesischen von
Verena Grubenmann Schmid

Mit einem Vorwort von
Patrik von zur Mühlen
und einem Nachwort von
Ilse Pollack

edition Epoca

Die Originalausgabe erschien unter dem Titel: O Cônsul
© Júlia Nery 1992
Mit freundlicher Unterstützung des Instituto Português do Livro e das
Bibliotecas

Ministério da Cultura

1. Auflage September 1997
© by Edition Epoca AG Zürich
Alle deutschsprachigen Rechte vorbehalten

Satz und Gestaltung: Tatiana Wagenbach Stephan, Zürich
Umschlag: Gregg Skerman, Zürich
Druck und Bindung: Franz Spiegel Buch GmbH, Ulm
ISBN 3-905513-07-2

Inhalt

Fluchtweg Portugal
Der Exodus aus dem besetzten Europa *7*

Der Konsul *17*

Es war wirklich meine Absicht,
alle diese Leute zu retten.
Der Fall Sousa Mendes *185*

Bilder *199*

Glossar *203*

Fluchtweg Portugal
Der Exodus aus dem besetzten Europa

Nach Beginn des Zweiten Weltkrieges war es für Verfolgte des NS-Regimes, die sich in irgendeinem europäischen Exil- und Asylland aufhielten, außerordentlich schwierig, den von Krieg und deutscher Besetzung bedrohten Kontinent zu verlassen. Die meisten Routen waren durch die Kriegsfronten oder durch den Seeweg versperrt. Von den neutralen Ländern war Schweden nur für einige wenige Flüchtlinge von Dänemark und Norwegen aus erreichbar, die Schweiz hatte ihre Grenzen hermetisch geschlossen, und der Weg in die Türkei war voller politischer und verkehrstechnischer Schwierigkeiten. Die Fluchtroute von Frankreich über Spanien nach Portugal und von dort weiter nach Übersee wurde daher die wichtigste Route für den Exodus aus Europa.

Frankreich war bis dahin wichtigstes Refugium für die vom NS-Regime verfolgten Personen aus Deutschland und den von ihm annektierten Österreich und Sudetenland gewesen: mehrheitlich Menschen jüdischer Herkunft, aber auch politische Hitler-Gegner wie Sozialdemokraten, Kommunisten, Liberale und Angehörige der katholischen Zentrumspartei sowie konservativer und christlicher Gruppierungen, schließlich Schriftsteller, Journalisten, Künstler und Wissenschaftler, deren Werke aus politischen oder künstlerischen Gründen verfemt wurden. Zu diesem Personenkreis muß man seit der kriegerischen Expansion des Dritten Reiches auch bedrohte Menschen aus anderen, inzwischen besetzten Ländern rechnen oder aus solchen Staaten, deren Regierungen mit dem NS-Regime sympathisierten – Polen, Tschechen, Ungarn, Jugoslawen, Italiener und andere. Sie hatten sich größtenteils nach Frankreich geflüchtet und warteten in dem von deutscher Besetzung noch nicht bedrohten Süden auf eine Möglichkeit, ihr unwirtlich gewordenes Refugium zu verlassen. Da die Seewege von Frankreich aus weitgehend versperrt waren, blieb nur die iberische Fluchtroute übrig.

Der Weg aus Frankreich wurde vielfach dadurch erschwert, daß das Land bereits vor dem Zweiten Weltkrieg begonnen hatte, Flüchtlinge und Emigranten zu internieren. Durch den unerwartet raschen deutschen Vormarsch im Frühjahr 1940 brach zwar das französische Lagersystem zusammen, so daß viele internierte Personen sich befreien und sich auf eigene Faust nach Süden durchschlagen konnten. Aber das im Sommer 1940 sich etablierende Vichy-Regime begann bald darauf, ein neues System von Internierungslagern einzurichten, Flüchtlinge erneut einzusperren und später auf Wunsch der Gestapo auszuliefern. Bevor es aber soweit war, galt es, dem zusammengebrochenen Frankreich und der befürchteten – zweieinhalb Jahre später dann auch verwirklichten – vollständigen deutschen Besetzung des Landes zu entkommen.

Spanien hatte nach dem Ende des Bürgerkrieges seine Grenzen vorübergehend geschlossen und dann nur zögernd wieder geöffnet, allerdings nur für Transit-Reisende. Das Franco-Regime wollte keine Fremden, weil es ihnen mißtraute und gerade unter den geflüchteten Hitler-Gegnern zu Recht auch Gegner des Franco-Regimes vermutete. Überdies sah das durch den Bürgerkrieg ausgeblutete und zerstörte Land sich nicht in der Lage, größere Menschenmengen unterzubringen und zu ernähren. Spanien erteilte Visa nur an Transitäre, also Personen, die ein portugiesisches Einreisevisum vorweisen konnten. Aber auch Portugal verstand sich nicht als Asylland. Zwar duldete es nach 1933 einige Flüchtlinge aus Deutschland. Durchweg handelte es sich dabei um unpolitische «nicht-arische» Emigranten, da das Land wegen seiner diktatorischen Verhältnisse für politische Exilanten höchst problematisch war. Die Zahl der geflüchteten Deutschen in Portugal bewegte sich 1935 um sechshundert Personen. Einige wenige von ihnen nahmen die portugiesische Staatsbürgerschaft an. Persönlichkeiten, die das Salazar-Regime gebrauchen konnte, wurden sogar vom Staat eingestellt: Wissenschaftler wurden an Universitäten und Institute berufen; Unternehmer, die kleine Firmen gründeten, erhielten wohlwollende Unterstützung des Staates. Aber bereits 1936 machte man sich innerhalb der portugiesischen Geheimpolizei P.V.D.E., die auch für die Einreisepraxis und für die Fremden zuständig war, Gedanken über einen drohenden massiven Zustrom von Flüchtlingen. Aufschlußreich ist die Begründung, warum man keine jüdischen Flüchtlinge haben wolle, weil nämlich Personen, «… die in ihrem Geburtslande bei der gegenwärtigen internationalen Lage unerwünscht sind, es natürlich aus den gleichen Gründen in Portugal sind».

Im Sommer 1937 wurden erstmals zwölf Emigranten ausgewiesen. Die Einreise nach Portugal wurde erschwert. Nach 1938, als die Flüchtlingszahlen anstiegen und die meisten potentiellen Aufnahmeländer restriktive Einreisebedingungen einführten, erließ auch Lissabon strenge Bestimmungen. Im September 1938 durften neunzehn Emigranten aus Wien, die auf ihrer Reise nach Übersee in Lissabon Station machen wollten, nicht von Bord gehen. Der mit der Flüchtlingsproblematik befaßte P.V.D.E.-Hauptmann Paulo Cumano, der ganz offen mit dem NS-Regime sympathisierte, beschwor die Gefahr einer massenhaften Einwanderung politischer und jüdischer «Elemente» und warnte seine Regierung ausdrücklich vor einer «Invasion unerwünschter Extremisten und der Entstehung einer Minderheit», obwohl noch bis Mitte 1940 die Zahl deutscher und österreichischer Flüchtlinge in Portugal noch unter tausend gelegen haben dürfte.

Der große Andrang nach Portugal setzte also erst mit dem französischen Zusammenbruch im Frühjahr und Sommer 1940 ein. Einer der Gründe hierfür lag nicht nur in der Neutralität des Landes. Lissabon war der wichtigste Ausreisehafen von Europa nach Übersee geworden. Mit dem Kriegseintritt Italiens war das Mittelmeer Seekriegsgebiet geworden, es entfielen die vorher für den Exodus aus Europa wichtigen italienischen und griechischen Schiffahrtsgesellschaften. Die Amerikaner stellten bald darauf den zivilen Passagierverkehr mit Europa ein. Spanien verfügte überhaupt nur über drei Passagierschiffe, von denen eines versehentlich von einem britischen U-Boot versenkt wurde. Außer einem argentinischen und einem chilenischen Schiff blieben nur noch Passagierdampfer der portugiesischen Companhia Nacional de Navegação übrig, mit denen man die Alte Welt verlassen konnte. Portugal war das wichtigste Etappenziel beim Exodus aus Europa geworden und Lissabon zum Porto de Esperança – zum Hafen der Hoffnung.

Dennoch nahm Portugal diese Rolle ungern ein und sperrte sich mit allen Mitteln gegen die Einreise von weiteren Flüchtlingen. Das Land verdiente zwar am Exodus der Flüchtlinge – von den großen Reedereien und Schiffsagenturen bis hin zu Hotels, Restaurants und Taxifahrern; die Regierung wollte aber einen großen «Stau» vermeiden. Mit seinem Zirkular Nr. 14 hatte Lissabon im November 1939 allen diplomatischen und konsularischen Vertretungen im Ausland die Ausstellung von Visa an solche Personen untersagt, mit denen in juristischer Umschreibung de facto die Hitler-Flüchtlinge gemeint waren, und verschärfte die Bestimmungen noch im Juni 1940 durch den erforderlichen Nachweis einer Schiffspassage. Jeder einzelne Antrag mußte nach Lissabon gefunkt und dort entschieden werden, was die Prozedur erheblich verlängerte. Mancher, der im Südwesten Frankreichs auf eine Möglichkeit zur Weiterreise warten mußte, wurde von den deutschen Truppen überrannt. Daß Portugal kein Aufnahme-, sondern nur Transitland sei, hatte Salazar bereits deutlich gesagt: Sein Land solle kein «Müllplatz» für Flüchtlinge werden. Selbst in die Kolonialgebiete, die eine beträchtliche Zahl von Flüchtlingen hätten aufnehmen können, durften keine Emigranten einreisen. Die Zahl derer, die sich trotzdem dort niederließ, betrug in Angola und Moçambique jeweils etwa zwei Dutzend. Amerikanische Siedlungsprojekte und ähnliche Pläne der Briten, die eine Emigration in ihre eigenen Kolonialgebiete nicht zulassen wollten und deswegen die Territorien anderer Länder ins Gespräch brachten, scheiterten am portugiesischen Widerstand.

Während und nach der französischen Niederlage im Juni 1940 drängten sich vor den Konsulaten überseeischer Staaten Tausende von Emigranten, um mühselig eine gültige Dokumentation zu erlangen. Damit sie Frankreich verlassen konnten, benötigten die Flüchtlinge ein spanisches Visum, das sie wiederum nur mit einem portugiesischen beantragen konnten. Um ein portugiesisches Einreisevisum zu erhalten, mußte das Einreisevisum eines Ziellandes vorgewiesen und der Nachweis einer gebuchten und bezahlten Schiffspassage erbracht werden. Erst dann konnte das spanische Transitvisum beantragt werden und als letztes dann das französische Ausreisevisum. Vielfach waren die zuerst beantragten und mit Schwierigkeiten erworbenen Dokumente bereits ungültig, nachdem man die letzten Papiere erhalten hatte. Anna Seghers beschreibt in ihrem Roman «Transit» diese absurde Situation.
In dieser Notlage wurden vielfach Dokumente gefälscht. Es gab illegale Grenzübertritte von Frankreich nach Spanien, illegale Durchfahrten bis zur portugiesischen Grenze und illegale Grenzübertritte nach Portugal. Alle diese Fluchtversuche konnten an unvorhergesehenen Kontrollen scheitern. Meistens reagierten die Spanier darauf mit einer Ausweisung nach Frankreich, später mit einer Einweisung in das Internierungslager Miranda. Portugal reagierte anders. Noch bis in den Krieg hinein hatte es illegal eingereiste Flüchtlinge in einer Art Schutzhaft gehalten, dann aber legalisiert und geduldet. Aber zu welchen Maßnahmen inzwischen die Regierung in Lissabon bereit und fähig war, zeigte das Beispiel der luxemburgischen Juden. Zunächst wurden im August 1940 nur sechsundzwanzig, kurz darauf weitere zweiunddreißig von ihnen, die bis zur portugiesischen Grenze hatten vordringen können, nach Frankreich zurückgeschickt. Aber noch hatte der Völkermord, der Holocaust, nicht eingesetzt. Die Gestapo setzte in Frankreich mehrere hundert jüdische Flüchtlinge aus Luxemburg in einen plombierten Zug und schickte ihn nach Portugal. Lissabon sagte die Erteilung von Transitvisa zu, wenn eine andere Regierung sich bereit erklären würde, die Luxemburger aufzunehmen. Darauf bat die luxem-

burgische Exilregierung in London inständig die britische Regierung, den bedrohten Personen wenigstens vorübergehendes Asyl in einer der Kolonien zu gewähren. Aber London blieb hart, und so blieb auch Lissabon hart. Hundertundzwei Flüchtlinge durften in die USA und in andere Länder weiterreisen, einige konnten sich unbemerkt in Portugal und Spanien verstecken. Aber der Zug wurde nach Frankreich zurückgeschickt, wo einige weitere Luxemburger untertauchen konnten. Fünfhundertzwölf wurden erneut verhaftet und später ins Vernichtungslager Treblinka deportiert.

Vor diesen Gefahren, die in allen ihren Konsequenzen damals noch nicht vollständig überblickt werden konnten, wird die Bedeutung jeder Form von Fluchthilfe deutlich, zumal wenn sie eigener Initiative entsprang, sich amtlichen Weisungen widersetzte und dabei das Risiko disziplinarischer Maßnahmen und beruflicher und familiärer Nachteile einging. Die wenigen Tage im Juni 1940, die der portugiesische Konsul Aristides de Sousa Mendes in Bordeaux, in der Konsulatsnebenstelle in Bayonne und an der Grenze tätig war, fielen in die Zeit des französischen Zusammenbruchs, in der der Andrang auf die beiden iberischen Länder besonders stark war. Es gab im Zweiten Weltkrieg andere Helfer, die gleichfalls durch ihren Einsatz Menschen retteten: zu ihnen gehörten der japanische Konsul von Litauen, Chiune Sempe Sugihara, der mit eigenmächtig ausgestellten Pässen vielen Juden die Durchreise durch die Sowjetunion nach Fernost ermöglichte, der schwedische Diplomat Raoul Wallenberg und der spanische Diplomat Miguel Angel Sáenz Briz, die beide 1943/44 in Budapest die Deportation von Juden in die Vernichtungslager blockierten und teilweise verhinderten. Aber sie wurden von ihren eigenen Regierungen für ihre menschliche Solidarität nicht bestraft. Anders als Aristides de Sousa Mendes – und in einem ähnlich gelagerten Fall der schweizerische Polizeihauptmann Paul Grüninger: beide wurden gemaßregelt, aus dem Dienst entlassen und beruflich und gesellschaftlich diskriminiert.

Um einem falschen Eindruck entgegenzutreten: Portugal war

kein schwarzes Schaf unter den Ländern, die jede Hilfe verweigerten, obwohl sie sie hätten leisten können. Lissabon verhielt sich nicht anders als die meisten anderen Länder in Europa und in Übersee. Die Schweiz und Schweden, Kanada und Brasilien, Südafrika und Australien, ja selbst die wichtigsten westlichen Gegner Hitler-Deutschlands wie Großbritannien oder die Vereinigten Staaten sperrten sich gegen eine weitere Aufnahme von Flüchtlingen und ließen es dadurch zu, daß Hunderttausende Opfer des Völkermordes wurden, obwohl sie hätten gerettet werden können. Und andererseits ließ Portugal durchaus größere Kontingente von Flüchtlingen in das Land. Vom Sommer 1940 bis zum Sommer 1944, als nach der Befreiung Frankreichs die Gründe für eine Fluchtbewegung über die iberische Halbinsel entfielen, dürften zwischen achtzig- und hunderttausend Menschen durch Spanien nach Portugal gekommen und von dort größtenteils nach Übersee weitergefahren sein. Etwa ein Drittel davon waren deutschsprachige Emigranten, die übrigen zwei Drittel Juden der besetzten Länder, abgeschossene alliierte Kampfflieger und in besonders hohem Maße Franzosen, die sich dem obligatorischen Arbeitsdienst in Deutschland entziehen und/oder in Nordafrika den Truppen der Forces françaises libres unter Charles de Gaulle anschließen wollten.

Erwähnenswert ist auch, daß Salazar auf britischen und amerikanischen Druck höhere Beamte an die Grenzübergänge schickte, die dann die Einreise von Flüchtlingen vereinfachten und illegale Fälle unbürokratisch regelten. Da die Schiffe nicht in ausreichendem Maße Personen transportieren konnten, zumal auch die meisten überseeischen Zielländer in Nord- und Südamerika ihre Grenzen geschlossen hatten, ging die Regierung in Lissabon dazu über, die erzwungenermaßen in Portugal Verbliebenen über das ganze Land zu verteilen und sie teilweise in «residência fixa» zu schicken, in eine Art Zwangsaufenthalt an einem Ort, den sie ohne polizeiliche Genehmigung nicht verlassen durften. Die Kur- und Badeorte Caldas da Rainha, Curia, Ericeira und Figueira da Foz, in denen wegen der Kriegsereignisse der Tourismus ausgeblieben war, waren hier die wichtigsten Städte. Erst nach Kriegsende, als sich überall in der Welt die Grenzen wieder öffneten, wanderte das Gros der Flüchtlinge aus Portugal aus, die meisten in die Vereinigten Staaten, andere nach Lateinamerika oder nach Palästina/Israel, so daß heute nur noch kleine Gruppen von Emigranten bzw. ihre Nachkommen von jener Zeit zeugen können.

Während der ganzen Kriegsjahre verhielt sich das Salazar-Regime relativ pragmatisch gegenüber den Flüchtlingen. Es duldete seit Kriegsbeginn die Anwesenheit jüdischer, christlicher und anderer internationaler Hilfsorganisationen, die in Lissabon ihr europäisches Zentrum hatten. Das war nicht selbstverständlich, wenn man bedenkt, daß sich Spanien zu einer ähnlichen Haltung erst im Frühjahr 1943 bereit erklärte. Sicher spielte hier der starke diplomatische Druck der Westalliierten eine maßgebliche Rolle, denen gegenüber Portugal mit Rücksicht auf seine geopolitische Lage zu Wohlverhalten und Entgegenkommen gezwungen war. Aber Lissabon zeigte sich auch in anderen Fragen kooperativ. Gemeinsam mit den USA, Großbritannien, Argentinien und der Apostolischen Nuntiatur intervenierte es Anfang 1943 in Madrid zugunsten der illegal nach Spanien eingereisten Flüchtlinge; überdies setzte es sich mit Erfolg für seine eigenen jüdischen Staatsbürger innerhalb des deutschen Machtbereichs ein, wogegen Madrid nur sehr widerwillig die sephardischen Juden spanischer Nationalität aus Griechenland aufzunehmen bereit war und die ersten ankommenden Gruppen sogleich nach Marokko weiterleitete.

Fragt man die wenigen noch lebenden Emigranten heute nach ihren Erinnerungen, so überwiegen freundliche Urteile über ihr Asylland. Das Salazar-Regime behinderte und belästigte sie nicht, die portugiesische Bevölkerung war weitgehend frei von Fremdenfeindlichkeit und Antisemitismus. Angesichts der Gefahren, die hinter ihnen lagen, sind die Gefühle der Dankbarkeit verständlich. Sicherlich spielen hierbei auch manche Verdrängungen sowie Gefühle der Loyalität mit ihrer neuen Heimat eine Rolle, aber auch die inzwischen erkennbare Verwurzelung im Lande.

Dennoch bleibt die Feststellung: Der Exodus aus Europa über die iberische Halbinsel bietet eine Geschichte der verpaßten Chancen. Wenn das Vichy-Regime, Spanien und Portugal sowie die Aufnahmeländer in Übersee ihre Politik koordiniert und ihre Grenzen nicht gerade in einer besonders kritischen Phase der Geschichte geschlossen hätten, dann wären beträchtlich höhere Zahlen von Flüchtlingen gerettet worden. Dahinter stand der Wunsch, einen allzu großen Zustrom von Flüchtlingen, den man technisch, organisatorisch, finanziell und politisch nicht bewältigen zu können glaubte, zu verhindern und eine Personengruppe zurückzuweisen, die man aus fremdenfeindlichen und antisemitischen Motiven nicht ins Land lassen wollte. Der tragische Fall des Aristides de Sousa Mendes zeigt, wie eine einzelne Persönlichkeit sich gegen diese damals vorherrschende Tendenz auflehnte und daran zerbrach.

Patrik von zur Mühlen

Der Konsul

Geschichte wird zweifellos mit schriftlichen Dokumenten geschrieben. Wenn es denn welche gibt. Aber sie kann und muß auch ohne schriftliche Dokumente geschrieben werden, wenn es keine gibt. Mit allem, was der Einfallsreichtum des Historikers ihm zur Herstellung seines Honigs bietet, wenn es ihm an den üblichen Blüten mangelt. Mit Worten also. Zeichen. Landschaften und Ziegeln. Formen von Feldern und Unkräutern. Mondfinsternissen und Zaumzeugen. Gutachten von Geologen über Steine und Untersuchungen von Chemikern über Metallschwerter. Kurz, mit allem, was dem Menschen eigen ist, vom Menschen abhängt, dem Menschen dient, den Menschen darstellt; mit allem, was das Dasein, das Wirken, die Neigungen und die Lebensformen des Menschen ausmacht.

Lucien Febvre

Von der Kirchturmuhr schlug es zwei – eine unerträgliche, fliegensummende Stunde. Journalisten, Fotografen und Tontechniker, die Zeremonien- und Hofmeister unserer heutigen Welt, liefen geschäftig auf dem von acht Granitsäulen in Zeit und Raum gestützten Balkon hin und her. Dem Treiben auf dieser Bühne galt die Aufmerksamkeit der Leute, die bereits auf dem Platz auf und ab gingen; auf ihm verweilten die neugierigen Blicke der Gäste, die sich schon vor Beginn des Festaktes eingefunden hatten, um auf den kleinen Balkonen an den sieben Mansardenfenstern, die in die schuppenartige Verkleidung des Schieferdaches eingelassen waren, einen Platz zu ergattern.

Damit all diese Leute zu den Mansarden gelangen konnten und zum Prunksaal, von dem aus eine Tür, über der das Familienwappen mit der Grafenkrone prangte, auf den Balkon führte, war es notwendig gewesen, den Unrat zu beseitigen, der Zimmer und Korridore wie ein Teppich bedeckte; eine nicht genau auszumachende Mischung aus Kaninchenkot und Dreck von allerlei Federvieh – waren doch Hühner, Truthähne und Tauben die letzten privilegierten Gäste dieses hochherrschaftlichen Geflügelhauses gewesen. In einem der obersten Zimmer, an dessen Wänden noch Fetzen der grün-goldenen Tapete aus früheren Zeiten hingen, fand man den einzigen, eindeutig bestimmbaren Haufen: Maultiermist, was die Leute der Putzkolonne in höchstem Maße erstaunt hatte, da sie sich nicht vorstellen konnten, wie ein Esel oder eine Mauleselin so viele Stufen hätte erklimmen sollen, um dort oben zu nächtigen. Es sei denn, etwas war da nicht mit rechten Dingen zugegangen. Jemand äußerte die Vermutung, daß dieser noch frische Mist vielleicht von demselben Neidhammel stammte, der vor vierzig Jahren die Christusstatue mit Steinen beworfen hatte – jene Statue, die der Herr des Hauses seinerzeit ohne Mühe und Kosten zu scheuen aus dem Atelier des Bildhauers in Löwen herbeigeschafft hatte, damit die Menschen seines Dorfes jederzeit des Segens Christi teilhaftig werden konnten. Und das Volk dieser Gegend, das seiner Frömmigkeit Jahr für Jahr in der Verehrung der wundertätigen Muttergottes Ausdruck verlieh, wobei die Predigt des Paters, das Essen und Trinken und das Drumherum im Gebüsch gleichermaßen wichtig waren, strömte damals von nah und fern, aus Dörfern und Städtchen zusammen, um dem Wunder beizuwohnen: Der zerstückelte Leib Christi wurde vor aller Augen wieder ganz. Füße und Beine. Rumpf und Arme. Das Haupt. Und zuletzt die Hände, in einer sprechenden Geste geöffnet, so daß alle Umstehenden, die schweigend verharrten, wie in dem Augenblick, in dem die Hostie erhoben wird, klar und deutlich die Worte vernahmen: «*Nehmet, das ist mein Leib!*» Damals wie heute, an einem Nachmittag im August, dem besten Monat für Feste und Wallfahrten, wimmelte der große Platz von Menschen. Doch von all denen, die den Unrat vergangener Zeiten beseitigten, erinnerte sich keiner an jenen Tag, dessen Ereignisse sie lediglich vom Hörensagen kannten. Nachdem so viele Jahre vergangen und so viele Veränderungen alt geworden waren, kam es ihnen in diesem Moment einzig und allein darauf an, die unwürdigen Schweinereien zu beseitigen, die im ganzen Haus von der Eingangshalle bis unters Dach verstreut lagen. Niemand konnte ja wissen, wie hoch hinauf die Neugierde der Besucher klettern würde. Waren denn nicht sogar die Verdauungsreste eines gewissen Vierbeiners bis zu den Dachzimmern hinauf gelangt?

Um zu verhindern, daß jemand strauchelte wegen der Löcher im Fußboden, der durch Feuchtigkeit und Ungeziefer tückischer als ein Moor geworden war, und sich dabei den Fuß verstauchte oder das Bein brach, würde man nach dem Saubermachen in der Halle, in den Korridoren, im Prunksaal und in ein paar Zimmern Bretter auslegen, damit die Presseleute, die Honoratioren, die Familienangehörigen und die übrigen Gäste ungehindert zum Balkon gelangen konnten.

Da diese Ehrung Presse und Fernsehen, die heutzutage das Schicksal von Land und Leuten bestimmen, ins Dorf bringen würde, hatten die Organisatoren versucht, einander an Tatkraft und Einfallsreichtum zu überbieten. Einer war sogar auf die Idee gekommen, eine ehemalige Dienstmagd des Hauses einzuladen, die nun, obwohl sie schon seit vielen Jahren nicht mehr im Dorf lebte, zurückkam, um am Fest zu Ehren des Herrn Doktor teilzunehmen – ein so herzensguter Mann, dem so viel Unrecht widerfahren und der so unglücklich gestorben war. Sie sollte über Einzelheiten des herrschaftlichen Lebens berichten, nach denen die Neugierde der Besucher verlangte.

Bevor sie die Erinnerungen an das Haus wieder aufleben ließ, wie es von ihr erwartet wurde, schweifte die Frau mit ein paar Sätzen in die eigene Vergangenheit ab. Wer kann denn schon von sich selbst behaupten, das Glück immer auf seiner Seite zu haben? Auch sie hatte es ihr Leben lang schwer gehabt, von dem Tag an, als ihr die Herrin mit Tränen in den Augen gesagt hatte, daß sie ihr den Lohn nicht länger zahlen könne. Sie hatte sich wie betäubt gefühlt, wußte nicht, wie ihr Leben weitergehen sollte; wie ein Sklave, dem sein Besitzer von heute auf morgen die Freiheit schenkt. Nein, sie war nicht imstande gewesen wegzugehen. Sie blieb noch einige Zeit bei der Herrschaft und unterwarf sich denselben Einschränkungen des täglichen Lebens, ja sogar dem Essen aus der Armenküche der Juden. Schließlich hatte sie sich früher auch an den Festmählern gütlich getan und sich das Frühgemüse aus den herrschaftlichen Gütern und das Obst, das der Herr Doktor verschwenderisch aus Kalifornien kommen ließ, schmecken lassen.

Ihre Mutter hielt so viel Treue für übertrieben und befahl ihr, sich endlich um ihr eigenes Leben zu kümmern. Sie war sich heute noch nicht sicher, ob sie so lange geblieben wäre, hätte es da nicht diesen jungen Mann gegeben, der damals im Hause ein und aus ging und in den sie leidenschaftlich verliebt war. Er hatte ihr die Ehe und damit das Ende aller Schwierigkeiten versprochen. Sie bewunderte ihn, weil er dem damals kranken Doktor bei dessen beschwerlichen Gängen zu Ärzten und Ministerien behilflich war. Ganz uneigennützig, wie sie dachte, war er doch der Sohn eines ehemaligen Gutsverwalters der Familie. Aber eben: Sie hatte Herzensgüte mit beruflichem Kalkül verwechselt. Erst viele Jahre später, zur Zeit der Nelkenrevolution, als im Topf der Schweinereien tüchtig umgerührt wurde, hatte sie erfahren, daß ihr ehemaliger Liebhaber der Agent Trovão von der Geheimpolizei war, der den Auftrag hatte, die Schritte des Herrn Doktor zu überwachen und dessen Umgang auszukundschaften. Die Liebschaft mit dem Dienstmädchen hatte ihm den notwendigen Zugang zur Privatsphäre der Familie verschafft. Und dann war er eines Tages einfach verschwunden, ohne Lebewohl zu sagen oder seine Adresse zu hinterlassen. Und sie ... aber, ach was, lassen wir das.

Jahre später erfuhr sie dann, daß es der miese Kerl im Leben weit gebracht hatte und sogar Vertreter der Regierung in einer sozialen Wohnsiedlung geworden war, weil er (wie man in der Personalakte lesen konnte) «ein treu ergebener und absolut vertrauenswürdiger Diener des *Estado Novo* sei».

Im August dieses Jahres wurde im Dorf viel geklatscht und getratscht, Geschichten, die allesamt um das Leben des Herrn Doktor kreisten und von denen eine ihr ganz und gar unwahrscheinlich erschien. Besagter Trovão, so wurde erzählt, habe sich vor mehr als zwanzig Jahren, nachdem er erfahren hatte, unter welchen Umständen der Konsul die letzte Zeit seines Lebens verbringen mußte, vor der Christusstatue auf die Knie geworfen und gelobt, sein Leben, über dessen Einzelheiten damals niemand Bescheid wußte, zu ändern. Dieses Gerücht hatte bestimmt seine Familie in die Welt gesetzt, um ihn reinzuwaschen. Wenn es aber wahr sein sollte, würde er bestimmt an der Ehrung teilnehmen, was ihr die Gelegenheit verschaffen würde, mit ihm eine offene Rechnung zu begleichen.

Kurz nachdem jener Mann aus ihrem Leben verschwunden war, erzählte sie weiter, habe sie das Haus der Herrschaft verlassen. Sie sprach Englisch und Französisch und hatte sich auch sonst im Umgang mit der Familie eine ordentliche Bildung angeeignet, was ihr nun zugute kam und was ihre Mutter ja auch bezweckt hatte, als sie die Tochter, noch fast ein Kind, der Herrschaft in Dienst gegeben hatte. So fiel es ihr nicht allzu schwer, gute Arbeit zu finden, obwohl ihr Lebensweg noch manche Krümmung nahm, ehe sie bei Nacht und Nebel nach Frankreich auswanderte, wo sie, schon eine Frau im reiferen Alter, einen Landsmann aus Madeira heiratete. An Arbeit hatte es ihr seither wahrhaftig nicht gemangelt. Kinder. Witwenschaft.

Alles in allem ein hartes Leben. Nun wartete sie auf die Rente, die es ihr ermöglichen würde, in ihr Heimatland zurückzukehren. Vielleicht würde ja das Haus, das sie hatte bauen lassen, die meiste Zeit leerstehen, denn ihre Kinder, die alle in Frankreich geboren und auch dort verheiratet waren, hatten nicht die Absicht, nach Portugal zu ziehen und wollten auch nicht, daß sie hier alleine lebte. Aber bei jedem der immer seltener werdenden Besuche in der Heimat fühlte sie erneut, wie ihr das Haus, die Geschwister und die Nachbarn ans Herz wuchsen. Es fiel ihr von Mal zu Mal schwerer, die Grenze zu überschreiten, weil sie jedesmal dachte, dies alles zum letzten Mal gesehen zu haben. Bei ihrer Entscheidung war wohl weniger die Meinung ihrer Kinder ausschlaggebend gewesen als vielmehr der Wunsch, in der Heimat ein eigenes Haus zu besitzen und als Frau zurückkehren zu können, die es im Leben zu etwas gebracht hatte und die mit Senhora Dona angeredet wurde. Auf diese Weise könnten auch ihre Kinder und Enkel ab und zu nach Portugal kommen und die Erde ihrer Großeltern unter den Füßen spüren; und vielleicht würde auch in ihnen mit der Zeit der Wunsch heranreifen, den Lebensabend hier zu verbringen.

Sie hatte nie daran gedacht, jemals wieder den Fuß über die Schwelle des Herrenhauses zu setzen, in dem sie seit ihrer frühen Jugend gedient hatte. Auf das Ausmaß des Zerfalls war sie nicht gefaßt gewesen. Wie gelähmt vor Schrecken und Erschütterung versuchte sie, sich die glücklichen Tage wieder ins Gedächtnis zu rufen. Vorsichtig tastete sie sich ihren Erinnerungen entlang, hängte die schweren, gelben Samtvorhänge an die Fenster, rückte die Gegenstände an ihren Platz, den Flügel, die Renaissancemöbel aus Ebenholz, das Radiogerät. Das Ölporträt des Herrn Konsul.

Sie war dem Wunsch der Organisatoren nachgekommen, aber da sie noch während der Reinigungsarbeiten eingetroffen war, wurden ihre schönen Erinnerungen an die Vergangenheit durch den Schmutz der Gegenwart getrübt.
Sie ging durch die Eingangshalle, über kaum wiederzuerkennende Reste von Perserteppichen und Büchern ohne Rücken, auf deren halb vermoderten Seiten hungrige Motten und Silberfischchen ihre Spuren hinterlassen hatten. Wind, Hagel und Regen, die über die Jahre hinweg durch die scheibenlosen Fenster eingedrungen waren, hatten wohl diese Bücher und Folianten hierher gefegt, nachdem heimliche Hände die besten Stücke sorgfältig ausgesucht hatten. So kam es, daß nun kostbare und seltene, auf Papier mit Wasserzeichen gedruckte Erstausgaben die eine oder andere Bibliothek der Umgebung schmückten. Einige waren sogar bis nach Lissabon gelangt.

Der Weg in den Salon führte über eine Schicht aus Papieren sowie Exkrementen der verschiedenen gefiederten Bewohner, die im Verlaufe der Jahre so manche neue Generation ausgebrütet hatten. Sie bewegte sich mit großer Vorsicht, um nicht auf Briefe und Bilder zu treten.
«Großer Gott, nicht einmal vor den Briefen hatten sie Respekt!» rief sie aus, als sie ein handgeschriebenes Blatt mit dem Datum Berlin, 25. März 1921, vom Boden aufhob.
Mit einiger Mühe gelang es ihr, die verblaßten Buchstaben zu entziffern: «*Das Leben beschert uns Menschen alle möglichen Unannehmlichkeiten, und manchmal fehlt es uns an der nötigen Geduld. So kommt es immer wieder zu Unstimmigkeiten und Meinungsverschiedenheiten. Aber unsere Intelligenz wird letztlich den Sieg davontragen.*»
Auf der Rückseite des Blattes klebte ein kleines, schon

halb vermodertes Stück Papier, festgehalten von einem weißlichen, klebrigen Brei. Unmöglich, es abzulösen, ohne es zu zerstören. Aber indem sie es auseinanderfaltete, gelang es ihr, ein paar Sätze zu entziffern, an deren Tenor sie erkannte, daß sie aus der Feder des Herrn Doktor stammten: *«Man darf den Glauben und die Hoffnung nicht aufgeben, vor allem, um erfolgreich kämpfen zu können. Sonst verfällt man in den allerschlimmsten Zustand, den man sich vorstellen kann; das habe ich selbst schon oft erfahren. Nicht schwach werden, nicht den Mut verlieren, denn kämpfen heißt siegen! Auch du mußt mir Mut machen, mich anfeuern.»*
«Sie dürfen nicht glauben, daß das Leben der Herrschaften immer eitel Freude und Sonnenschein war, nein, auch nicht vor dem großen Unglück, das über die Familie gekommen ist. Mit so viel Leuten im Haus, das hätten ja Heilige sein müssen! Es gab auch Geldsorgen, und wenn der Herr Doktor in Schwierigkeiten war, hat ihm sein Bruder was geliehen. Wie oft habe ich ihn mutlos erlebt, aber nie hat er zugelassen, daß sich die Niedergeschlagenheit einnisten konnte. Immer, wenn wir dachten, jetzt kann er nicht mehr, war er schon für den nächsten Kampf bereit und versuchte, auch seine Frau, die pessimistischer war, mit seiner Begeisterung anzustecken.
Wer ein Leben führt, wie der Konsul es getan hat, ein Leben in Überfluß und verschwenderischer Fülle, wer sich jeden Luxus leisten kann und mit den Großen dieser Welt auf vertrautem Fuße steht, der muß ja wohl gegen die Mutlosigkeit ankämpfen, wenn er sich in einer so unglücklichen Lage befindet. Und manchmal kann der Mensch es einfach nicht ertragen, derart erniedrigt zu werden. So war das bei meinem Herrn; sechs Jahre lang hielt die feste Stütze der Seele den Körper aufrecht, bis der Kopf dem Druck nicht mehr standhalten konnte und er

den ersten Anfall bekam. Aber der Herr Doktor konnte und wollte sich nicht dem Schicksal der Krankheit ergeben, nicht jetzt, wo er doch all seine Kraft brauchte, um das zu erreichen, wofür er kämpfte – sein Leben wieder auf das Gleis des Erfolgs zu bringen. Da er ein sehr gebildeter und belesener Mann war, wußte er über die Fortschritte der Medizin Bescheid. Er entschloß sich, nach Porto zu fahren, um sich dort einer Operation zu unterziehen, die damals in Portugal noch wenig bekannt war und die ihm, dank seines eisernen Willens und seiner Disziplin, zu einer unverhofften Genesung verhalf.»
«Aber wozu das alles, wo wir doch sowieso als kleines Häufchen Dreck enden!»
Bei diesen Gedanken versetzte die Frau ein paar abgenagten Knochen, die jemand auf dem Treppenabsatz zu einem Haufen zusammengefegt hatte, einen Fußtritt.
Als sie die Treppe hochging, dachte sie bereits daran, in welchem Zustand sich die Fenster, so viele wie ein Jahr Tage hat, befinden würden. Sperrangelweit offen, jahraus, jahrein, den Unbilden vieler Sommer und Winter ausgesetzt – da war es nicht weiter verwunderlich, daß die Wände und Fußböden der Fäulnis zum Opfer gefallen waren.
Im großen Entree des ersten Stockwerks angekommen, zeigte sie mit dem Finger, wo früher der große venezianische Spiegel, die Marmorstatuen, die Bilder gewesen waren.

Sie betraten den Speisesalon.
Die lederbezogenen Stühle mit dem eingravierten Familienwappen waren nicht mehr da, aber man konnte sich auf eine behelfsmäßige Bank setzen, die jemand aus einem langen Brett und zwei Ziegelsteinen aufgebaut hatte. Hier

ruhten sie sich eine Weile aus. Mehr mit Gesten als mit Worten wies die Frau auf die Stellen auf dem Fußboden und an den schmutzigen, rissigen Wänden, wo einst die Möbel aus Guajakholz, das Kristallgeschirr, die Kostbarkeiten aus Elfenbein, Bronze und Alabaster gestanden hatten. Durch die fünf Fenster drangen Sonnenstrahlen, die, sich zu einem einzigen bündelnd, über den Boden glitten und durch die Türe verschwanden, wobei sie einen metallenen Gegenstand aufblitzen ließen. Genauso wie damals die zwei Kelche aus Gold, wenn sie sich blitzend und funkelnd berührten! Sie erschauerte. Mit Tränen in den Augen erzählte sie ergriffen, wie jedes Jahr, in der dritten Juliwoche, der Herr Doktor und sein Zwillingsbruder aus irgendeinem Winkel der Erde herbeieilten und sich hier trafen, um nach einem festgefügten Ritual ihren Geburtstag zu feiern. Sie entnahmen der mit purpurrotem Samt ausgekleideten Schatulle zwei goldene Kelche, füllten sie mit Wein und tranken sich zu. Nachdem sie ausgetrunken hatten, wischten sie die Kelche sehr sorgfältig mit einem Leinentuch, in das ihre Mutter ihre Initialen gestickt hatte, aus und verschlossen sie wieder im Kästchen. Die Familienmitglieder und die Bediensteten standen regungslos und mucksmäuschenstill, gebannt von dem Schauspiel, das die im Licht glänzenden Becher ihnen darboten und das ihnen wie ein Messopfer, eine Kommunion ohne Hostie erschien. Das wortlose Zeremoniell der Gesten, der immer gleiche Ablauf und die Feierlichkeit dieses Augenblicks, all das war ihnen im Verlaufe der Jahre vertraut geworden.

Nun betraten sie das Gästezimmer.
Auf dem Boden lagen zwei aufgeplatzte Strohbündel und zwei rußgeschwärzte Ziegelsteine, auf denen wohl so

manche Kohl- oder Kartoffelsuppe gekocht worden war. Früher hatte an dieser Stelle das große Himmelbett mit dem Baldachin aus grünem Damast gestanden. Wie oft hatte die Großherzogin hier gelegen, gelitten und geseufzt, wenn sie von einem ihrer häufigen Migräneanfälle heimgesucht wurde, während die alten Dienstmägde versuchten, ihr Linderung zu verschaffen, indem sie ihr Kartoffelscheiben auf die Stirne legten oder andere, von ihren Großmüttern überlieferte Wundermittelchen ausprobierten! Seit Monaten schon lebte die Großherzogin im Land, und noch immer sprach sie kein Wort Portugiesisch! Nicht einmal «danke» konnte sie sagen – statt dessen verteilte sie Geldscheine zu zwanzigtausend Réis, sehr zur Freude derjenigen, die sich um sie kümmerten, ihr das Bad bereiteten oder das Frisiereisen brachten.
Ach, wie lange war das schon her, dieser Duft nach Kräutertee und Parfüm, dieser Hauch von Noblesse, der die Großherzogin auf Schritt und Tritt umgab und den die Dienstmädchen viel lieber mochten als den starken Zigarrengeruch jenes belgischen Ministers, der das Zimmer nebenan bewohnte! Die alten Dorfbewohner behaupteten, dieser Herr sei mit drei Wagen angekommen: einer sei voller Zigarrenkisten gewesen, und der belgische Gast sei um diesen Wagen genauso besorgt gewesen wie um die beiden anderen, in denen seine Frau, die vier Kinder, die Erzieherin und der Kaplan reisten.
Die alte Dienstmagd war überzeugt, daß die Leute übertrieben. Ein Mann, der sein Land Hals über Kopf verlassen muß, um vor den Deutschen zu fliehen, und der so schnell wie möglich nach Amerika will, hat doch bestimmt Wichtigeres zu tun, als sich um Zigarren zu kümmern! Gewiß, er rauchte viel. Aber er war ein fröhlicher Mann, der immer für ein Picknick zu haben war, Ausflüge in die umlie-

genden Weinkellereien machte und auf den Festen der Einheimischen tanzte.

«Ob es Juden waren, weiß nicht. Ich weiß nur, daß vor dem Krieg viele Ausländer ins Haus kamen, denen mein Herr bei der Flucht behilflich war und die er bei sich aufnahm, bis sie wußten, wie es weitergehen sollte. Aber auch nachdem der Krieg schon ausgebrochen war, kamen Leute ins Haus; das waren ganz gewiß Juden, denn sie waren immer so still und traurig. Und manchmal trugen die Männer eine kleine, runde Mütze auf dem Kopf, wie eine Tonsur aus Seide.»

Der chinesische Salon war der Raum des Herrenhauses, der am wenigsten heruntergekommen war. Die Gäste blieben stehen und schauten sich um, während die alte Magd wortreich von all den Kostbarkeiten berichtete und erzählte, wie sie und die anderen Dienstmädchen heimlich Freunde und Familienangehörige ins Haus gebracht hatten, um ihnen die wunderlichen Möbel, die Wandschirme mit den exotischen Motiven und die kleinen, kunstvoll verzierten Figürchen aus Elfenbein und Perlmutt zu zeigen.

Die alte Dienstmagd erzählte auch, wie sie der chinesische Salon immer daran erinnerte, daß sie hier zum ersten Mal Tränen in den Augen ihrer Herrin gesehen hatte. Ohne die Gardine am Fenster beiseite zu schieben, um sich nicht beim Hinausspähen zu verraten, hatte die Senhora die hübsche, blonde Frau beobachtet, die dem Gutsverwalter ein blaues Blatt Papier entgegenhielt. Sie erkannte die Frau wieder, die vor einigen Jahren in Bordeaux auf der Straße plötzlich zwischen sie und ihren Mann getreten war und sie für ein paar kurze Augenblicke getrennt hatte. Was in der Folge zu viel Mißstimmung und noch nie dagewese-

nen Auseinandersetzungen geführt hatte. Und ausgerechnet jetzt, in einer Zeit, in der sich so vieles veränderte und man so große Sorgen hatte, tauchte diese Person, von der die Senhora geglaubt hatte, daß sie der Vergangenheit angehörte, plötzlich wieder auf. Da draußen stand sie, unter dem Balkon. Es wäre ein leichtes gewesen, sie zu demütigen, das Fenster aufzumachen und dem Verwalter zuzurufen, er solle sagen, sein Herr sei nicht zu Hause, und er möge doch diese *Madame* wieder zum Bahnhof bringen. Aber dazu war sie nicht imstande, nie und nimmer, das würde die Nachbarn und die Dienstboten neugierig machen, die Familie einem Skandal aussetzen.
«So ist das Leben», wie mein Herr zu sagen pflegte.

Die Menschen im Dorf waren so daran gewöhnt, Ausländern den Weg zum Hause des Konsuls zu erklären, daß die fremde Frau nicht weiter auffiel. Nicht einmal der Gutsverwalter, der am Markttag im Flecken mehr als zwei Stunden auf seinen Herrn warten mußte, erfuhr von dem Treffen zwischen dem Herrn Doktor und jener Frau, die ihn am Vortag aufgesucht hatte.

Wie eine Fliege ging er der Vergangenheit ins Netz. Genau in dem Moment, in dem sich die Gegenwart mit der Vergangenheit, die nichts weiter ist als die Erinnerung an das Einst, vereint. Er zitterte in den Fäden bereits vergessenen Verlangens, bis er schließlich, in einem neuen Wissen um sich selbst, erwartungsvoll und regungslos verharrte, als sie nach all diesen Monaten plötzlich vor ihm stand.

Als er noch ein kleiner Junge war, hatte ihm seine Großmama in Wald und Flur die Schönheit der zukünftigen Verheißung gezeigt, und so war ihm der Juni der liebste unter allen Monaten; dieser Monat, in dem die flüchtigen, hinter Blättern versteckten Blüten der Olivenbäume eine üppige Ernte und reichlich Öl versprechen; wenn der Duft der unansehnlichen, rundlich-grünen Knoten, die sich an den Apfelbäumen langsam rot färben, bereits die glänzenden und schmackhaften Früchte erahnen läßt. Der Monat ausgelassener Feste zu Ehren der *Santos foliões* mit ihrem fröhlichem Treiben in den Wäldern, was überraschende Hochzeiten und Nachwuchs im Frühjahr verspricht; und sogar in den winzigen Blütenknospen, die das Dorngestrüpp weiß sprenkelten, erahnte er bereits die satte Farbe der Brombeeren, die er später im Sommer pflücken und mit deren Saft er die Kraft der Sonne, die sie hatte reifen lassen, aufsaugen würde.

Als er heranwuchs, stellte er sich in seiner lebhaften Phantasie vor, daß an den warmen, stillen Juniabenden bei Einbruch der Dämmerung heidnische Wesen über den bestellten Feldern tanzten, die den Sterblichen einen flüchtigen Blick auf die durchsichtigen Schleier der Ewigkeit gewährten und sie in den Dämpfen, die aus den Eingeweiden der Erde emporsteigen, den Hauch des Göttertranks erahnen ließen; diese Unendlichkeit der Juninächte, in denen er Lust hatte, Vivaldi zu hören und Ovid zu lesen.

Seit jenen schrecklichen Tagen, die er in einem Juni erlebt hatte, fürchtete er sich vor jeder Veränderung, die ihm der sechste Monat des Jahres brachte. Ist es doch auch dieser heidnische Monat, in dem die über Stechginster und trockene Nadeln huschenden Irrlichter zur lodernden Flamme werden und in einer einzigen Nacht die grünen Pinien in brennende Fackeln aus Harz verwandeln; in dem die Schlangen sich um die ausgerissenen Triebe der Rebstöcke winden und die Eidechsen sich ungeschickt auf ihren kräftigen Vorderbeinen aufrichten.

Es war Juni, als sie in sein Leben zurückkehrte, als er sich kraft- und mutlos fühlte und nur noch die Schatten der schönen Dinge durch den gleichförmigen Ablauf seiner Tage geisterten.

Er fragte nicht, wie sie ihn ausfindig gemacht hatte, wie es ihr gelungen war, in diesen Zeiten des Krieges über die Grenze zu kommen; er fragte nicht, ob sie im Guten oder im Bösen kam oder was sie von ihm wollte.

Er runzelte nur leicht die Stirne, als sie mit einer weltgewandten Bewegung die Beine übereinanderschlug. Er betrachtete sie prüfend, nahm jede Einzelheit genau wahr und forschte dabei nach der Erinnerung an vergangene Stunden und nach einem Vorwand, sie aus seiner Gegenwart zu verjagen. Ein Schauer lief durch seinen Körper, kühl und feucht wie der See seiner Kindheit, als er die feinen Linien sah, die der Schweiß auf ihre Stirne zeichnete; eine so weite und klare Stirne, daß sich die Träume eines Mannes dort der Länge nach hinlegen konnten, während die Finger über die langen und breiten Wellen hinabglitten, um schließlich liebkosend im Nacken zu verweilen, wie auf den Saiten eines Violoncellos.

Er hatte den Blick jener blauen Augen vergessen, diesen ruhigen, unverwandten Blick; nur an die goldenen Funken, die in ihren Augen tanzten und die den Charme von Sommersprossen eines Mädchengesichts hatten, konnte er sich erinnern. Eine ungewollte Rührung stieg in ihm hoch, ein Gefühl der Schuld sich selbst gegenüber, ohne zu wissen, warum; vielleicht ahnte er bereits, daß diese Augen in den kommenden Jahren wie zwei heimliche Magnete sein innerstes Verlangen seinem Willen entreißen, ihn all seiner Sinne berauben und ihn auf Gedeih und Verderb dieser Frau ausliefern würden, deren Blick ihn bis in die Nervenspitzen erzittern ließ, die Erfüllung der grenzenlosen Lust verhieß und Gefühle in ihm weckte, die er keiner Frau gegenüber zuvor empfunden hatte.

Sie saßen sich gegenüber, nur durch ein Kaffeetischchen getrennt, und tauschten Höflichkeiten aus. Sie beugten sich den Konventionen, den Normen von Sittlichkeit und Stolz, die uns, kaum daß wir diese Welt betreten, der Etikette der Gesellschaft unterwerfen und uns einen Maulkorb anlegen; Ziegelsteine und Mörtel, mit denen wir die Mauern zwischen uns und den anderen errichten. So schwang in den Banalitäten, die sie austauschten, das Echo der unausgesprochenen Worte mit. Mit hilflosen Gesten, wie Ertrinkende, die verzweifelt nach einem festen Halt suchen, hielt er seine Hände in Schach.

Der Wunsch, sie zu berühren, drohte ihn zu überwältigen; so stark war dieses Verlangen und so groß die Anstrengung, seine Hände zu zügeln, damit sie ihm nicht davoneilten, um über ihre Schultern, ihre Schenkel zu gleiten, daß ihn seine Finger schmerzten. In dem Feuer, das ihr entströmte, ahnte er die Verweigerung und die Gefahr der Hingabe zugleich. Seinen Lippen, imaginären Empfindungen nachspürend, gelang es nur langsam, Wörter zu bilden. Der ganze Körper ein einziges, taumelndes Ungleichgewicht.

Seine Frau und seine Kinder erwähnte er so häufig und an so unangebrachten Stellen, daß ihm später, als er sich die Unterhaltung wieder in Erinnerung rief, bewußt wurde, daß er seine Familie als Schutzschild benutzt hatte, um nicht der Versuchung zu erliegen, jene Frau zu bitten, sie möge doch die Hoffnungslosigkeit, in der er lebte, mit ihm teilen.

Aber alle zurückgehaltenen Empfindungen und Sehnsüchte verwandelten sich schließlich in ein einziges, reines Gefühl – Dankbarkeit gegenüber jener Frau, die keine Kriegsfront daran gehindert hatte, ihm ein kostbares Geschenk zu überbringen, das aus einem Satz und einer Fotografie bestand und das sein Gemüt zugleich erregte und verwirrte. Nun durfte, nein konnte er ihr nicht mehr die Tür weisen, sie aus seinem Leben verjagen; aber er wagte nicht, sich zu fragen, ob und wie er seine wohlbehütete Liebe zu Frau und Kindern in eine Ecke seines Alltags verbannen sollte.

Dort, in jenem Moment, wuchs die Versuchung in ihm, in der Geborgenheit seiner Vergangenheit, aus der nun eine Zukunft aufkeimte, die ihm diese Frau als Geschenk darbot, Zuflucht zu suchen. Und er hatte Angst.

Die alte Dienstmagd fuhr fort, den Veranstaltern der Feier zu Ehren des Herrn Konsul die verschiedensten Einzelheiten des Hauses zu erläutern. Ein mumifizierter Vogel zerfiel unter ihrem Schuh zu Staub. Sie wich einen Schritt zurück und wischte sich die Tränen mit einem Taschentuch aus Batist ab. Auf Zehenspitzen, damit die dünnen Absätze der Festtagsschuhe nicht in den morschen Dielen des Fußbodens steckenblieben, ging sie vorsichtig weiter. Nein, zu den Gemächern des Konsuls und der Senhora würde sie nicht mehr hochgehen, auch nicht zu den Schlafzimmern der jungen Herrschaften; und auch das Zimmer des Domgeistlichen und die Kapelle wollte sie nicht mehr sehen. So kam sie nicht in den Genuß der Überraschung, die bunten Bleiglasfenster, durch die das Sonnenlicht eindrang und in denen sich Wolken und Bäume in den verschiedensten Farben und Formen widerspiegelten, fast unbeschädigt vorzufinden.
Ihr sei nicht gut, sagte sie. Und das war wohl keine Ausrede, hatte sich doch der Gestank des Federviehs in diesem Gebäude, das Regen und Wind so lange getrotzt hatte und von dessen Fenstern nur noch die verwitterten Rahmen übrig waren, so hartnäckig und auf immer festgesetzt wie die Glimmerteilchen im Granit, aus dem die Vorfahren des Herrn Konsul die ersten Mauern des Hauses gebaut hatten, das er später vergrößern und mit Gemälden und allem erdenklichen Luxus ausstatten ließ.
Und die Frau hörte wieder das Lachen und Weinen von einst, sie, die alles, was sie wußte, in diesem Haus gelernt hatte; sogar, wie man unglücklich ist.
Obwohl die Organisatoren des Festakts davon überzeugt waren, an alles, was die Neugierde der Besucher erregen

könnte, gedacht zu haben, hatten sie doch etwas vergessen: den Friedhof. Sie wußten auch nicht, daß an diesem Nachmittag ein Fernsehteam dort drehen wollte. Der für die Reportage Verantwortliche, der schon während der Vorbereitungsarbeiten die ungewöhnlichsten Orte inspiziert hatte, wollte einen Zipfel unverfälschter, nicht inszenierter Wahrheit aufdecken. So sollten Tausende von Zuschauern beim Anblick der Familiengruft mit eigenen Augen sehen können, was für ein Ende das Leben dieses großen Mannes genommen hatte, dort, in der Einsamkeit von Brennesseln und Unkraut, ein Mann, zu dessen Ehren Festreden, Feuerwerk und allerlei eitler Pomp veranstaltet wurden und in dessen Gedenken fremde Länder Bäume pflanzten und Straßen benannten; alle würden sehen können, wie Schimmel und Rost die auf den schwarzen Sarg gemalten gotischen Lettern bis zur Unleserlichkeit ausgelöscht hatten.
Nun war das Fernsehteam beim Friedhof angekommen. Aber im Inneren der Gruft zeugte nichts mehr von der trostlosen Verlassenheit; keine Staubschicht auf dem Sarg, in die verrückte Insekten ihre Arabesken gezeichnet hatten; keine meterlangen Spinnweben, in denen das Vergessen schaukelte. Jemand war schon dagewesen, um den Ort zu säubern, hatte das Unkraut ausgerissen, die trockenen Blätter zusammengekehrt, gescheuert und gefegt, ja sogar das steinerne Familienwappen mit einer Bürste bearbeitet. Vielleicht war es ja die alte Dienstmagd selbst gewesen, die zum Friedhof gelaufen war, noch ehe die Fremden in ihren Autos ankamen, um die von Unkraut und Dorngestrüpp überwucherte Grabstätte, so gut sie es eben vermochte, sauber zu machen. Damit keiner sehen sollte, wie Freunde und Verwandte das Andenken an den Mann, der dort ruhte, schändlich vernachlässigten.

Der Regisseur, der seinen Plan dergestalt vereitelt sah, gestand später, daß nur Respekt in daran gehindert habe, Spinnweben, Unkraut, Staub und Brennesseln wieder herrichten zu lassen, um das andere, vernachlässigte, durch keine Inszenierung beschönigte Andenken an den Geehrten zu zeigen, das er dort, auf dem Friedhof, vorzufinden gehofft hatte.

Doch ist es schwierig, die Wahrheit auszufinden, weil diejenigen, welche den einzelnen Begebenheiten als Augenzeugen beigewohnt haben, sie doch nicht auf dieselbe Weise erzählen, sondern wie gerade einen jeden sein Wohlwollen für den einen oder anderen Teil oder sein Gedächtnis anleitet.
Thukydides

Drei Uhr war bereits vorbei. Auf den kleinen Balkonen vor den Mansardenfenstern zückten einige ihr Opernglas, um die ankommenden Persönlichkeiten und das Treiben auf der Straße ganz genau verfolgen zu können, während auf dem großen Balkon des Herrenhauses die Veranstalter der Gedenkfeier damit beschäftigt waren, die Geladenen einander vorzustellen.
Von oben betrachtet erschien Filipe der Platz vor dem Haus wie ein Schulhof, ein wogendes Auf und Ab von Menschen, die eine Art Reigen tanzten, wobei sie von Gruppe zu Gruppe liefen und sich die Hand reichten. Allerdings vermißte er in der bunten Menge die gebeugten Rücken der Weberinnen oder die Geste der Korbmacher, die immer wieder den Zeigefinger mit der Zunge befeuchten, ehe sie ihn gegen den Daumen reiben; und keine der vielen Hände, die im Gespräch gestikulierten, wies die Schmutzränder auf, die das Harz an den Händen der Harzzapfer zurückläßt und die an Feiertagen, der Reinlichkeit zuliebe, so lange mit Zitrone geschrubbt werden, bis sie verblassen und die Haut schmerzt. Es fehlte auch die Bescheidenheit in Blicken und Gebärden. Keine rotznäsigen Kinder mehr, keine Leute in Holzschuhen, keiner, der barfuß ging.
Dieses Volk; dieses Monument, das sein Vater auf einem hohen Sockel aus Granit hatte errichten lassen und an dem die örtlichen Behörden eine Gedenktafel mit einer Dankinschrift an einen gewissen Weiß-Gott-Wen hatten

anbringen lassen, der Filipe völlig unbekannt war; diese Christusstatue, die früher, als sie noch einsam auf einem Hügel thronte, viel größer erschien und die nun als monumentale Kuriosität in der Landschaft stand, aus der bunte Häuser die Bäume und Maisfelder von einst verdrängt hatten; diese herrschaftliche Ruine, die der Granit seiner Vorväter daran hinderte, ganz zu zerfallen – all dies hatte mit dem Dorf seiner Kindheit nichts zu tun. Alles, was ihm damals so groß vorgekommen war, würde nun als winzig klein in seinem Gedächtnis haftenbleiben.

Der Platz füllte sich mehr und mehr mit Menschen. Viele warteten auf den Beginn der Festansprachen und blickten erwartungsvoll auf den Balkon, der wie eine Kanzel aus der Fassade ragte und von dem herab der Herr des Hauses so oft zu seinen Pächtern, Hirten und Hausangestellten gesprochen hatte.

Wie hatten sie damals seinen Worten gelauscht, noch ganz atemlos, nachdem sie dem Chevrolet hinterhergerannt waren, alles bergauf von der Brücke an, auf der die Dorfkapelle mit Blasmusik und Trommeln ihre Freude über die Ankunft des Herrn Doktor dröhnend zum Ausdruck gebracht hatte! Und während er alle begrüßte und das Wiedersehen besiegelte, wurde der Wagen knatternd in die Garage gefahren und von den Söhnen des Gutsverwalters gewaschen. Luxus dieses Hauses, das als Patron den Schutzherrn der Fahrenden und Reisenden erkoren hatte! An den darauffolgenden Tagen kündigten die Lichter, die Stimmen und die Musik, die aus den Fenstern drangen, für viele eine Zeit der Fülle an. Solange die Herrschaften im Haus waren, sollte es an nichts mangeln.

Auf eben diesem Balkon ergingen sich nun die Festredner in höflichen Plaudereien und Komplimenten, ehe sie zu ihren Reden über den Mann, der hier gelebt hatte, ansetzten. Aber es waren nicht diese gelehrten Herren, die die ganze und wahre Geschichte des Geehrten kannten. Um die Wahrheit zu erforschen, mußte man sich unters Volk mischen, unten auf dem großen Platz vor dem Haus, und denen zuhören, die sie ungeordnet und variantenreich schilderten.

«Wenn es ihm gutging, ging es allen anderen auch gut.»
«Allen, na ja… wie man's nimmt…»
«Während der Karnevalszeit kamen die Freundinnen der Dienstmädchen ins Haus, aßen sich satt und blieben auch über Nacht, die ganze Zeit über. Und wenn sie dann nach Hause gingen, nahmen sie noch was zu essen mit. Manchmal sogar Brennholz.»
«Mein Vater hat jeweils erzählt, daß er jedesmal, wenn die weißen Handschuhe, die er beim Servieren tragen mußte, von der Augusthitze Schweißflecken bekommen hatten, frische anziehen mußte.»
«Als die Ausländerin anfing, seine Besitztümer für ihn zu verkaufen, habe ich zwanzigtausend Escudos für dieses Kruzifix geboten. Er ließ Dinge verramschen, die sie viel nötiger hatten als diesen Christus am Kreuz, aber den hat er sich nicht wegnehmen lassen.»
«Zwanzigtausend Escudos, das war ja zu jener Zeit ein Vermögen…»
«Ich hab' damals ganz gut verdient, im Wolframgeschäft. War mir egal, ob die Regierung das Erz an die *Beefs* oder an die *Boches* verkaufte. Jeder ist sich schließlich selbst der Nächste. Und, ganz unter uns gesagt, mit dem Wolfram, das im Krieg so dringend gebraucht wurde, hat doch so mancher ein gutes Geschäft gemacht.»
Bocas hatte begriffen, daß der Krieg wie ein Schöpfrad funktioniert: Während die einen Behälter sich füllen,

entleeren sich die anderen. Der Hirte war damals noch zu jung gewesen, um davon profitieren zu können, aber Zé do Vau gehörte zu denjenigen, die durch das Erz zu Reichtum gekommen waren. Daß er nun seine damalige Absicht, den Gekreuzigten zu kaufen, laut wiederholte, verlieh diesem Mann eine gewisse Wichtigkeit, ihm, der jetzt so großspurig daherredete und offenbar vergessen hatte, wie oft er für sich und seine Kinder das Donnerstagssüppchen im Hause des Konsuls geholt hatte.
«In der Zeit der fetten Kühe haben sich alle auf seine Kosten satt gegessen, aber eben: Wer gibt, was er hat, wird selber nicht satt.» Bocas hatte diesen Altweiberspruch zwar nie ernst genommen, doch auf die Person des Doktors traf er zu.
Der ehemalige Hirte, der weder arm noch reich war, konnte das arrogante Gehabe, mit dem Zé do Vau seine Geschichte erzählte, nicht länger ertragen und lenkte das Gespräch auf den gescheiterten Kaufversuch.
«Nein, wie gesagt, ich hab' dann nicht gekauft. Mein ehemaliger Brotgeber, den alle mit Herrn Doktor Konsul anredeten, was er aber damals schon nicht mehr war, hat mir mit seiner allseits bekannten Höflichkeit erwidert, daß bereits Judas Christus für dreißig Silberlinge verkauft habe, daß viele ihn immer wieder und auch heute noch für viel weniger verraten, aber daß sein Christus nicht zu verkaufen sei.»
Und ohne jegliches Schamgefühl erzählte Zé do Vau, wie er versucht hatte, den Konsul zu überreden: «Greifen Sie zu, Herr Doktor! Sicher, früher habe ich Ihr Süppchen gegessen, aber heute sind Sie schlechter dran als ich.»
«So ist das Leben.»
Die Ruhe, mit der er diese Antwort gab, mochte mit der krankheitsbedingten Apathie zusammenhängen, aber es

war auf jeden Fall eine schallende Ohrfeige ins arrogante Gesicht des ehemaligen Knechts, der daraufhin, um sich zu rächen, den Flügel kaufte, den ihm die Ausländerin für teures Geld überließ, ohne je zu verraten, wer der Käufer war. Es heißt, daß im Hause von Zé do Vau nie jemand auf dem Flügel gespielt habe. Er wird den Besuchern als eine Art Trophäe für Erfolg im Leben vorgeführt.

Einige der Fremden fotografierten einen gekreuzigten Christus, der genau in der Fluchtlinie der Hausecke und mit dem Rücken zur Fassade an der höchsten Stelle der Mauer stand.

Den Fotografen geriet auch eine alte Holzleiter ins Bild, die vergessen an einer der Granitsäulen des Balkons lehnte, was die ehrgeizigeren unter ihnen dazu veranlaßte, auf Bäume zu klettern, um die besten Bilder dieses Gekreuzigten zu schießen, des einzigen Schmucks des Anwesens, den die Plünderer aus Respekt verschont hatten. Die Scham der Zeit hatte ihn nach und nach verhüllt, und irgendwann würden ihm die Flechten und auch die Steine, mit denen die Dorfjungen nach ihm warfen, den sichtbaren Stempel der Verwahrlosung aufdrücken und ihn gänzlich dem Zerfall, von dem auch das Herrenhaus zeugte, preisgeben.

Würde der Erbauer und frühere Bewohner des Hauses an diesem Tag zurückkehren, dann sähe er sich den Spuren des eigenen Zerfalls gegenüber, aber er würde sich in diesem Gemäuer, in dem die Steine seiner Tage auseinanderbröckelten, nicht wiedererkennen. Vielmehr würde er in der Christusstatue, die er für das Volk hatte errichten lassen, in diesem Christus, der seine Arme in der unendlichen himmlischen Herrlichkeit ausbreitete und der durch die neuen Herren des Dorfes wieder zu Ehren gekommen war, die großen Momente seines Lebens ausgedrückt sehen. Wenn göttliche Gleichnisse das Menschliche überhaupt zu symbolisieren vermögen.

Er würde sich hier als Fremdling fühlen. Ja, als Fremder, angesichts des zerfallenden Gemäuers, in dem die Eidechsen zwischen den Zweigen des Fliederstrauchs spielten, dessen

Triebe, dem Befehl der Zeit gehorchend, den Leib des Gekreuzigten umschlangen, an ihm emporwucherten und ihn bis zur Brust bedeckten, wo die Flechten, in Erfüllung der Heiligen Schrift, die Wunde an der Seite aufrissen. Und sollten noch weitere vier oder fünf Karfreitage ins Land gehen, ohne daß jemand den Strauch ausrisse, würde dieser vor der Hausecke errichtete Christus ganz und gar von den lilafarbenen Armen des Flieders umschlungen werden, dessen Wurzeln sich wie Spitzhacken in die Steine der Mauer schlagen und sich zwischen Mörtel und Granit einen Weg bahnen würden. Der Sockel des Kruzifixes ruhte schon nicht mehr auf Stein, sondern auf einem Block aus dicken Wurzeln, aus denen ihrerseits dünnere und hellere Stämme emporwuchsen, die sich ineinander verflochten und das Kreuz fächerartig umrahmten. Verlassen und von der lila Zeit verschluckt – ist doch die Geschichte der Samen und Wurzeln beständiger als das Werk des Menschen – würde dieser Christus bestimmt dazu verdammt sein, mit der Mauer zusammen einzustürzen.

Der Verschönerung der Christusstatue hatte man jegliche Sorgfalt angedeihen lassen. Der Gekreuzigte hingegen war jahrzehntelang vernachlässigt worden. Nun wurde er aufs neue entdeckt. Es wurden Pläne geschmiedet und Geld in Aussicht gestellt, um «dieses großartige Kunstwerk vor dem Zerfall zu retten». Alle waren bestrebt, diesem Christus seine ursprüngliche Würde wieder zurückzugeben. Was für eine seltsame Ähnlichkeit zwischen dem Schicksal der steinernen Figur und demjenigen des Mannes, der sie an einer Ecke seines Anwesens hatte anbringen lassen!

Auf dem Balkon wurde es ruhig. Die Leute auf der Straße traten etwas näher. Aus den Lautsprechern konnte man vernehmen:

«Wir haben uns hier eingefunden, um einen Mann zu ehren, dessen mutige Tat, Symbol der Großherzigkeit und Toleranz des portugiesischen Geistes ...»

Die Worte des Redners erreichten mit Mühe das Geländer am Balkon und an der Mauer und verfingen sich in den Stäben. Schon abgenutzt und verbraucht gelangten sie zum einfachen Volk, das gekommen war, um sich das alles anzuhören und in dessen Mitte die Geschichte des Mannes und des Hauses laut kommentiert wurde.
Für viele war es die Geschichte einer adligen Herkunft, die Geschichte von Wohlstand und Erfolg, die in der Erniedrigung der Armensuppe geendet war, genauer gesagt, in der Barmherzigkeit für Obdach- und Heimatlose. Für diejenigen, die jedes Lächeln gezielt einsetzen, die Freundschaften berechnend einordnen und auch die Fehler anderer sorgfältig als Positivsaldo für sich verbuchen, mußte der Konsul aus dieser Tat, die jetzt als heldenhaft dargestellt wurde, gewaltigen Nutzen gezogen haben. Vielleicht über einen Mittelsmann. Für die Skeptischeren hingegen war es nichts weiter als das Leben eines Mannes, der wie ein König verdient, wie ein Herr gegeben und wie ein Fürst verschwendet hatte. Und einige glaubten ganz einfach, daß sich das, was das Leben des Geehrten an Erzählenswertem bot, auf wenige Stunden beschränkte.

«Erleuchtete und tragische Stunden, voller Leidenschaft durchlebt, im Einklang mit dem Herrn!
Begnadete Stunden, erfüllt von den Gedanken des heiligen Johannes vom Kreuz und der heiligen Theresa, deren Werke einen festen Platz auf seinem Nachttisch hatten; diese Mystiker, die mit Worten die Flammen schürten, in denen sie sich in der allumfassenden Liebe Christi verzehrten.

Dieser Mann, den wir uns heute hier in Erinnerung rufen, der sich vom Schrecken der Tragödie, der er beiwohnte, überwältigen ließ und in einer einzigen Stunde aufs Spiel setzte ...»

Die Worte des Redners lösten sich von jener Kanzel, laut und durchdringend, und drangen bis zu den Menschen vor. Sie dämpften das röchelnde Geräusch der Motorräder, die in der Ferne vorbeifuhren.
Diese Lobeshymne, die die Geschichte des Geehrten auf eine einzige, zwar mystisch verklärte Stunde zusammendrängte, diese Rede voller gewaltiger, wohlklingender Worte, voller Pathos und mit Bedacht gesetzter Pausen, ließ die Schwätzer verstummen und die Unaufmerksamen aufhorchen.
Und alle lauschten gespannt.
Es lauschten die Alten, die auf den Äckern der *Quinta Grande* als Tagelöhner gearbeitet hatten; alle diejenigen, die sich noch genau daran erinnerten, wie die Kakipflaumen und die Haselnüsse gepflückt, in große Körbe verpackt und auf den Schultern der Männer und per Eisenbahn bis auf den Tisch des Herrn Konsul gebracht wurden, der in ihrer Vorstellung draußen in der großen, weiten Welt die Angelegenheiten der Nationen regelte.
Unter den Zuhörern waren auch die Kinder der Hirten, die früher das Vieh des Herrn Konsul auf die Weide getrieben hatten, die Enkelinnen der Dienstmägde, die damals gekocht, Wasser herbeigeschleppt und die Spitzenkleider der Senhora und deren Töchter gewaschen und gebügelt hatten.
Alle wußten, daß diese Rede, die den Wert eines ganzen Lebens auf einige wenige Stunden, ja sogar auf eine einzige, reduzierte, nur die halbe Wahrheit war. Und obwohl der Redner, ein gebildeter Mann, sein Wissen aus den un-

terschiedlichsten Quellen zusammengetragen hatte, kannten doch viele, jeder auf seine Art, wenigstens einen kleinen Teil der Ereignisse, die dieser Stunde vorausgegangen waren. Aber niemand würde je wissen, weshalb der Konsul diesen Entschluß gefaßt und in die Tat umgesetzt hatte, womit er gegen die wichtigste Regel eines jeden Diplomaten verstoßen hatte: «Im Staatsdienst sind politische Beweggründe stets wichtiger und zwingender als Beweggründe der Liebe und Brüderlichkeit.» Ein Entschluß, der auch dem Grundsatz «im Krieg ist der Haß von größerer Bedeutung als die Liebe» zuwiderlief, eine Regel, die er als Student in Coimbra zusammen mit seinen Kommilitonen gelernt hatte, in jenen bewegten Jahren vor dem Sturz der Monarchie. Er gehörte damals einer Gruppe katholischer Studenten an, die vorsichtshalber immer einen Knüppel unter ihrem Cape mit sich führten; einen Schutz, auf den sie nie verzichteten, auch nicht im Monat der Jungfrau Maria, wenn sie in der Kirche S. Juão den Rosenkranz beteten.

Unter den Zuhörern waren nur ganz wenige, die selbst erlebt hatten, daß es neben diesen Stunden der Erleuchtung, wie der Redner sie nannte, auch viele Stunden des Leidens und der Demütigung gegeben hatte. Diese wenigen wußten, daß sich die Größe dieses Mannes, der hier geehrt wurde, nicht auf eine einzige oder ein paar wenige heroische Stunden beschränken ließ.

Der Redner unterbrach seinen begeisterten Redefluß und erzählte einiges aus dem Leben des Konsuls. Er sprach von einem Mann, der weder die schönen Dinge des Lebens verachtete noch mit Geld knauserte; ein Mann, für den das Wort Heimat nicht nur die kleine, enge Welt des heimatlichen Dorfes bedeutete, sondern auch die Unermeßlichkeit der Gebiete an der afrikanischen Küste umfaßte, um das Kap bis nach Indien und bis in andere östliche Regionen, die er in Erfüllung seiner diplomatischen Pflichten bereist hatte. Er sprach von einem Mann, der auch in dieser Größenordnung dachte, wenn Taten verlangt waren, der immer schon gewußt hatte, daß in den wirklich historischen Augenblicken nur das große Wagnis zählte.

Daß aber dieser Mann, der nun als Held bezeichnet wurde, beim Herannahen des Krieges von Ängsten und Zweifeln geplagt wurde, darüber würde der Redner nichts sagen; auch nichts über die Sorgen, die immer größer wurden, von dem Tag an, als der Konsul, wie alle anderen portugiesischen Diplomaten in Europa, jene Sonderdepesche des Regierungschefs erhalten hatte: *«Ich wünsche, da ich es für notwendig erachte, täglich telegrafisch über die internationale Situation unterrichtet zu werden.»*

Die alte Dienstmagd, die noch vor einigen Stunden die Erinnerungen an das Haus hatte aufleben lassen, wußte Bescheid:

«Dieser Krieg war ein großes Unglück, und auch, daß der Herr Konsul die Versetzung nicht bekommen hat. Lange Zeit, da waren wir noch in Belgien, wollte er nicht glauben, daß Hitler es wagen würde, so mächtige Länder wie Frankreich und England anzugreifen. Aber schon 1936 hat die Senhora ihrer ältesten Tochter hier in Portugal geschrieben, daß sie Angst habe, in Europa könnte ein Krieg ausbrechen. Ich werde diesen Brief nie vergessen, weil nämlich die anderen Dienstmädchen glaubten, Europa sei ein Land, und so habe ich im Studierzimmer den Globus geholt und ihnen alle Länder gezeigt, von Portugal bis nach Rußland. Ich habe ihnen gesagt, daß all diese Länder zu Europa gehören und daß Europa, wie sie ja selbst sehen konnten, auch nur ein kleiner Teil der Welt sei.»

Die Frau hätte noch einiges erzählen können, all das, was sie selbst gehört hatte oder was sie aus dem Schweigen hatte erraten können, in das die Dienstherren beim Eintritt des Personals zu verfallen pflegen. Sie hätte erzählen können, wie der Herr Doktor die Gemahlin kritisierte: Sie halte sich bei Einladungen des Hauses zu sehr im Hintergrund; sie lasse sich bei Empfängen und Banketten von der ältesten Tochter vertreten und verbringe die Abende lieber mit der Köchin und ihrem Strickzeug. Aber während die Nadeln klapperten, analysierte die Senhora die politische Lage weitaus scharfsichtiger als so manche Politiker, die zu lange nicht glauben wollten, daß Hitler Frankreich und England angreifen würde.

In den zwanziger Jahren hatte der Konsul in Amerika die ersten Präsidentenwahlen erlebt, bei denen auch die Frauen wählen durften; er hatte gesehen, wie unbefangen die Frauen daraufhin mit der Zigarettenspitze umgingen und wie selbstverständlich sie ihre Ideen verteidigten. Aber trotz dieser Erfahrung, die ihm ein anderes Bild des weiblichen Geschlechts vermittelt hatte, war er nach wie vor davon überzeugt, daß die wichtigste Kunst, die eine Frau beherrschen mußte, darin bestand, ihrem Mann zu gefallen. Wozu es natürlich einer gewissen Gewandtheit bedurfte. Der Auffassung der damaligen Zeit entsprechend, dachte er, daß die Gattin eines Diplomaten sich vor allem dadurch auszeichne, elegant, liebenswürdig, charmant, freundlich und wortgewandt zu sein. Und als *«beneidenswerte Blume der Salons»* durfte sie natürlich nie vergessen – wie es der Gemahlin dieses Mannes von Welt oft passierte –, alle mit formvollendeter Ehrerbietung anzusprechen.

Wenn er seiner Frau schrieb, daß es *«nichts Erfreulicheres gibt, als feststellen zu dürfen, daß die eigene Gemahlin den anderen überlegen ist»*, dachte er wohl nicht nur an ihre guten Eigenschaften als Tochter, Gattin und Mutter, sondern er verlangte von ihr auch Belesenheit und die Bereitschaft, sich intelligent an Gesprächen zu beteiligen – aber nur gerade so viel, wie zur Befriedigung des männlichen Stolzes nötig war, der Gesellschaft eine weltoffene Gattin vorführen zu können.

Die Briefe, die sie ihren Kindern schrieb, würden deutlich zeigen, daß diese schüchterne Frau, die sich von gesellschaftlichen Anlässen fernhielt, durchaus fähig war, mit Scharfsinn über den Lauf der Welt nachzudenken. Und das Leben sollte dem Konsul noch zeigen, welche Fähigkeiten die Frau eines Diplomaten wirklich besitzen mußte.

Auch sie war in Bordeaux dabei; auch sie machte die Geschichte zur Statistin des Krieges, eine Rolle, die sie mit der ihr eigenen Bescheidenheit auf sich nahm.

Würde es heute überhaupt Anlaß zu einer Ehrung geben, wenn sie, die Gattin, eine Frau der mondänen Gesellschaft gewesen wäre? Hätte sie nur auf Äußerlichkeiten geachtet und sich standesgemäß einer vornehmen Zurückhaltung befleißigt, wie dies von einer Diplomatengattin erwartet wurde, wäre sie dann fähig gewesen, für all diese unbekannten Menschen auf der Flucht zu sorgen und zu kochen, als sie schon keine Bediensteten mehr hatte?

Hätte sie nicht diese tiefverwurzelte, dem Landvolk eigene brüderliche Gesinnung besessen, die keine Gemeinheit der Welt zu zerstören vermochte, hätte dann diese Mutter vieler Kinder den Mut aufgebracht, den Konsul in seinem Entschluß zu unterstützen, denjenigen, die Angst und Schrecken säten, entgegenzutreten?

Aber nach ihr, der Frau, ist keine Straße oder Allee dieser

Welt benannt, kein Baum wurde in ihrem Angedenken gepflanzt, und auch heute, bei dieser Ehrung, wird sie vom Redner, der das Bild des Krieges heraufbeschwört, nicht erwähnt.

«...*der Krieg, demselben Naturgesetz folgend wie die Energie, die sich in den tektonischen Platten ansammelt, bis sie sich in Lavaströmen, röchelnder Angst und krachender Zerstörung entlädt!...*»

Von seinem Kastanienbaum herunter filmte der Reporter einen Mann, der sich die Rede anhörte und meinte:
«Na ja, im Krieg gilt die Regel: Rette sich, wer kann, und wenn man einfach jedem Dahergelaufenen hilft, kann das ganz schön ins Auge gehen. Also ich glaube, daß der Mann einfach der Versuchung nicht widerstehen konnte, den Helden zu spielen; das ist ihm zum Verhängnis geworden. Ich kenne das. Hab' ich auch schon erlebt.»
Auf dem Video würde man später den ahnungslosen Hirten Bocas beim Erzählen sehen können.

An jenem Oktobertag war der Hirte im Morgengrauen aufgebrochen. Er zählte die Sterne, ohne jedoch die Finger zu Hilfe zu nehmen, damit sie keine Warzen bekämen. Er hatte die Hände tief in den Taschen seiner Hose vergraben, der noch die Wärme der Decken anhaftete. Der weiche Teppich aus trockenen Nadeln und Farn, mit dem seine Mutter am Vorabend den Hof ausgelegt hatte, lud seine nackten Füße zum Verweilen ein. Am Abend würde diese Schicht festgestampft, rauh und übelriechend sein, und das viele Waschwasser, alle möglichen Essensreste und der Inhalt der Nachttöpfe würden den Pflanzenteppich in den darauffolgenden Tagen nach und nach in Mist verwandeln. Vermischt mit der Schweine- und Geflügelstreu, die täglich gewechselt wurde, würde später mit dem Mist der kleine Acker gedüngt, von dem der Kohl, die Kartoffeln und die Bohnen für die Suppe auf dem Tisch der Familie stammten.

Bocas hatte die ganzen Jahre über, seit er die Milchzähne verloren hatte und als er selbst schon Vater war, das Vieh des Herrn Konsul gehütet. Auch an jenem Tag trieb er die Schafe auf die Weide. Er mußte doppelt aufpassen, weil sein kleiner Hund aufgeregt bellte und ganz außer sich hin und her rannte, als hätte er einen Wolf gewittert.

An jenem Morgen schimmerte gedämpftes Licht hinter den Vorhängen an den Fenstern der herrschaftlichen Häuser. Es warf einen matten Schein auf Bäume und Steine, lange bevor in den Küchen der Pächter die Öl- und Gaslampen angezündet wurden. Die Reichen schon so früh auf den Beinen? Doch nur, wenn's etwas Neues gab!

Misérias bellte das Licht an, das sich über die taubedeckten Gärten und durch die Tore davonschlich; er bellte die unbekannten Geräusche an, die seine Pfoten auf dem Steinpflaster spürten, als hörte er Unheil verheißende Hufschläge. Er bellte und jagte dahin, wohin seine gespitzten Ohren ihn führten. Plötzlich blieb er stehen, das Fell gesträubt. Sprungbereit – für den Angriff oder die Flucht – bellte er kleinere Grüppchen von bewaffneten Männern an, die aus den Herrenhäusern traten, sich zu einer Gruppe versammelten und den Weg zu den Hügeln einschlugen. Als er die fremde Meute witterte, knurrte er drohend und jagte den Hunden nach, die ihren Herren auf den Fersen folgten.

Der Hirte beobachtete sie von weitem. Er wollte lieber nicht mit diesen Herren zusammentreffen, die, wie jeden Herbst, ins Dorf kamen, wo sie bedient werden wollten und nach allerlei Leckerbissen verlangten, Quarkkäse und Sardinenpastete; diesen Herren, die das junge Weibervolk als Dienstmägde für ihre Häuser verpflichteten, so daß die Mütter mit der ganzen Arbeit und die jungen Männer verlassen zurückblieben.

Bocas erzählte, wie er genau beobachtete, welchen Weg sie einschlugen, um selbst einen anderen nehmen zu können. Er hatte keine Lust, seinen wildgewordenen Hund festzuhalten und seine Schafe wieder zusammenzutreiben, die erschrocken vor der Meute auseinandergestoben waren. Er hatte auch keine Lust, seine Mütze zum Gruß abzunehmen.

Es war schon später Vormittag, als der Hirte die Jäger wieder sah, die wie hypnotisiert ihren freilaufenden Jagdhunden folgten. Sie bemerkten den Jungen überhaupt nicht. Sie hatten nur Augen und Ohren für die Jagd und ihre Hunde, die sie anfeuerten, die Beute aufzuspüren.

Der Hirte hatte seine Schafe ganz vergessen. An seinen Stock geklammert, richtete er sich auf und verfolgte mit den Augen die muskulösen Vorderbeine der Jagdhunde, die hin und her rannten, immer mit der Nase am Boden, um die Witterung aufzunehmen. Zwei- oder dreimal umkreisten sie denselben Busch, und dem Jungen, der nie gedacht hätte, daß es in dieser Gegend so viele Kaninchen gäbe, lief vor Aufregung der Speichel aus dem Mund, als die Hunde das erste aufspürten. Und ob es da Kaninchen gab! Die armen Tiere, die in ihrer Höhle aufgeschreckt wurden, flohen kreuz und quer, und da sie nichts von den Tücken dieser Welt wußten, konnten sie auch nicht ahnen, daß die Flucht vor dem sicheren Tod eine Illusion war, die sie einzig und allein dem hündischen Gehorsam zu verdanken hatten; denn ein guter Jagdhund wird seine Beute weder verletzen noch zerreißen oder töten, da er gelernt hat, seinen Instinkt, seine Begierde und seinen Hunger ganz und gar dem Willen seines Herrn unterzuordnen.

Die Jäger ließen die Kaninchen laufen, bis sie ihre Beute sicher im Visier hatten. Dann folgte Schuß auf Schuß, wie ein Gewitter im Mai. Der Schrothagel traf die Tiere mitten im Sprung. Sie rannten zuckend noch ein paar Meter weiter und überschlugen sich dann am Boden, während die Hunde ungeduldig auf den Pfiff oder den Befehl warteten, die noch mit dem Tod ringende Beute zu holen. Sie schnupperten an dem warmen Blut, aber sie unterdrückten ihren Trieb, die Kaninchen zu Tode zu beißen, und brachten sie schwanzwedelnd ihrem Herrn.

Das Vergnügen des Jägers ist so selbstsüchtig, daß es durch diese Unterwürfigkeit noch erhöht wird. Je gieriger der Hund, um so größer die Befriedigung des Jägers, der sich diese Gier untertan macht.

Bocas sah nun, wie eins der Kaninchen, die die Hundemeute aufgestöbert hatte, entwischte und im Hagel der Schrotkörner den Hang hinaufrannte, verfolgt von den

Hunden, die von den Jägern angefeuert wurden. Dieses freche Kaninchen würde ihnen nicht entkommen, diese Beute wollten sie unbedingt haben!
Der junge Schafhirte schloß mit sich selber Wetten ab: Die Jäger gewinnen! Nein, das Kaninchen gewinnt! Nein, die Jäger gewinnen! Misérias flog den Abhang hinunter, um ihm den Weg nach oben abzuschneiden. Mal rannte er vor, mal neben ihm, so daß dem Tier nur die Flucht ins offene Feld blieb. Ah! Der Hirtenhund mischte sich aus ureigenstem Spaß in die Jagd ein! Er würde nicht auf seine Beute verzichten, die schon in Reichweite war; er würde ihr den Hals durchbeißen, ehe ihr die Jäger zu Leibe rückten.
Zum ersten Mal, seit sie zusammen Schafe hüteten, schlug Bocas seinen Hund, als er sah, daß dessen Zähne dem Hals des Kaninchens schon gefährlich nahe waren. Der Stock sauste auf die Flanke von Misérias nieder, der sich winselnd aus dem Staub machte. Das kleine, flüchtige Kaninchen verharrte vor Angst gelähmt, mit halbgeschlossenen Augen und flach angelegten Ohren, und ergab sich dem Schrecken, nun gleich aufgefressen zu werden. Sein Herz schlug mit letzter Kraft, laut und heftig, und der Junge spürte, wie sich sein eigener Pulsschlag beschleunigte. Er zitterte, fühlte einen stechenden Schmerz, sein Mund wurde trocken, seine Beine versagten ihm den Dienst. Der Hirte fühlte wie das Tier, fühlte wie das Kaninchen, das in diesem geheimnisvollen Moment vom Leben Abschied nahm.
Als Bocas schließlich am Lärm merkte, daß Hunde und Jäger immer näher kamen, wußte er, daß er einen unwiederbringlichen Moment erlebte, daß nie wieder der Zufall ihm das Schicksal eines anderen Wesens in die Hände legen, ihm die göttliche Macht über Leben und Tod anvertrauen würde. Für einen kurzen Augenblick maßte er sich

die Ähnlichkeit mit Gott den Barmherzigen an, von dem seine Mutter ihm erzählt hatte. Er entdeckte in sich eine ganz neue Liebe zu den Zistrosen, dem Stechginster, den Steinen und allen Lebewesen dieser Landschaft. Er packte das Kaninchen und umfing den weichen Körper, dem die Angst bereits Wärme und Gewicht geraubt hatte, schützend mit seinen Armen. Und als die Hunde um ihn herum bellten, um die Beute aus dieser merkwürdigen Höhle herauszuholen, drehte er sich um und schlug den Weg zum Hang ein, seinen Schafen entgegen.

Die Jäger riefen ihm zu, er solle das Kaninchen laufen- lassen, damit sie schießen könnten. Aber ohne sich umzudrehen, ging er weiter, obwohl seine Seele und sein Körper von einer großen Angst erfaßt wurden, denn er wußte genau, daß sich diese Herren alles erlaubten, daß sie ihm sehr wohl eine Ladung Blei in den Rücken schießen konnten und sich hinterher damit rechtfertigen würden, es sei ein Unfall gewesen. Zeugen gab es ja keine.

Der Hirte begann, den Hang hinaufzugehen. Dort oben hielt sein Hund Wache. Er knurrte, zum Sprung bereit.

Die Jäger legten an. Die Schatten, die die Gewehre in der Mittagssonne auf den Boden warfen, ließen sie wie Spielzeugwaffen erscheinen.

Alles hielt den Atem an, Steine, Heidekraut, Eidechsen, sogar die Gräser standen regungslos. Man hörte nur das Duett des knurrenden Misérias und der hechelnden, vor Ungeduld geifernden Jagdhunde.

Langsamen Schrittes stieg der Hirte den Hang hinauf, das Hemd von kaltem Angstschweiß getränkt. Er lächelte vor Glück, als er sich in die Grotte der Maurin setzte, was er bisher noch nie gewagt hatte, aus abergläubischer Furcht, daß die Schöne ihn, den noch unschuldigen Jungen, entführen könnte. Nun aber war er ein Mann. Und niemand würde ihm das Glücksgefühl jenes Augenblicks rauben können, in dem seine schützenden Arme, die zur Brücke zwischen Leben und Tod geworden waren, sich öffneten und das Kaninchen mit einem Satz in die Freiheit entschwand, den Hügel hinauf.

Nur drei oder vier Fremde, die zu den Leuten gehörten, die immer auf der Suche nach etwas Lokalkolorit sind, hörten Bocas Geschichte bis zum Ende zu. Alle anderen auf dem großen Platz, der in der Augusthitze brütete, lauschten aufmerksam den Worten des Redners.

«Wie könnte wohl jemand seinen Händen verweigern, den Weizen zu ernten, bevor ihn das Feuer des Feindes zerstört?
Er bräuchte nur seine Türe zu öffnen und die Worte zu schreiben, die es jenen Unglücklichen, die ihn um Hilfe anflehten, ermöglichen würden, den Schrecken des Krieges zu entfliehen, der seinen unersättlichen Rachen schon weit aufgerissen hatte, bereit, sie zu verschlingen!
Wie hätte dieser Mann, den wir heute ehren, sich selbst, seinem Willen oder seinem Selbstgefühl diese Geste verweigern können, die ihn für einen Augenblick dem Allmächtigen, dem Herrn über Leben und Tod, gleichstellte?
Aber nein, meine Damen und Herren, es war kein anmaßender Stolz, von dem er sich leiten ließ, kein niedriges Streben nach irdischen Gütern, wie einige böse Zungen nun zu behaupten wagen ...»

Die Stimme des Redners überschlug sich beinahe vor begeistertem Pathos. Auf dem Balkon entdeckte der Reporter unter den Gästen, die besonders aufmerksam zuhörten, einen kräftigen, schon angegrauten Mann, in dem er einen der Söhne des Geehrten wiedererkannte – denjenigen, der damals bei Kriegsausbruch bei seinem Vater in Bordeaux lebte. Dem Reporter war es gelungen, während eines Interviews mit ihm, eine ganz neue Darstellung der Ereignisse in Bordeaux zu bekommen.

Die Kenntnis der Vergangenheit ist nicht nur schön, sondern auch notwendig ... Daher dürfen sowohl die Geschichtsschreiber wie die Leser von geschichtlichen Werken nicht soviel Gewicht legen auf die Erzählung der bloßen Ereignisse wie auf das, was vorher, gleichzeitig und nachher geschah. Denn wenn jemand aus der Geschichte die Fragen streicht, aus welcher Ursache, auf welche Weise und zu welchem Zweck das Geschehene geschehen ist und ob es den erwarteten Ausgang genommen hat, dann ist das, was übrigbleibt, vielleicht ein guter Sensationsroman, eine Bereicherung der Erkenntnis ist es nicht; es gewährt für den Augenblick Genuß, bringt aber keinerlei Nutzen für die Zukunft.

Polybios

Filipe war in jenem Juni 1940 bei seinem Vater in Bordeaux.
An manchen Tagen trafen laufend die unterschiedlichsten Informationen im Konsulat ein, an anderen wiederum hörte man während Stunden nur die Nachrichten der T.S.F.
Es wurde berichtet, daß die deutschen Soldaten seit der Kapitulation von Paris täglich etwa hundert Kilometer vorrückten und bereits wichtige Stützpunkte wie Montmédy, eine starke Bastion nordwestlich der Maginotlinie, sowie Dijon und Caen eingenommen hätten. Die französische Regierung hatte sich nach Bordeaux zurückgezogen und das Kabinett umgebildet; es wurde über die Möglichkeit einer Exilregierung in Afrika diskutiert. Man wußte auch, daß die Truppen von General von Bock schon bis auf weniger als hundert Kilometer herangerückt waren.
In politischen Kreisen spürte man das Gewitter, das sich zusammenbraute. Die französische Regierung war gespalten: Die einen plädierten für die Fortsetzung des Widerstands gegen die Deutschen, die anderen wollten den sofortigen Frieden.
Seit einem knappen Monat überstürzten sich die Ereignisse so rasant, daß Filipe sich nicht gewundert hätte, wenn auch die Zeit plötzlich schneller vergangen und er eines schönen Tages als erwachsener Mann aufgewacht wäre.
Und der Sohn des Konsuls erzählte, wie die Angst vor dem Krieg die Menschen vorwärts jagte, zu Fuß, mit dem Fahr-

rad oder dem Auto, wie die Furcht vor den Panzerdivisionen und der Infanterie der Deutschen sie mit aller Kraft immer weiter weg trieb. Eine Flut von Menschen, ein Strom der Angst, der täglich anschwoll, der die tschechische, holländische und belgische Grenze bereits durchbrochen hatte und sich nun hier in diese Stadt ergoß. Zu den Hunderten von Autos, die bereits Straßen und Zufahrten versperrten – Autos von Geschäftsleuten und Menschen, die sich vorsorglich Benzin verschafft hatten, von Politikern und von Mitgliedern der Regierung, die von Paris nach Bordeaux umgezogen war –, gesellten sich nun auch die kleinen, von Hand gezogenen Karren. Man schätzte, daß sich rund sechshunderttausend Flüchtlinge in der Stadt aufhielten.

Auf der großen *Place de Quinconces*, dem größten Platz Europas, drängen sich die Menschen, werden immer zahlreicher, da nach den Tschechen, Holländern und Belgiern nun auch Tausende von Flüchtlingen aus Paris kommen. Um die Ereignisse in Gien zu beschreiben, fehlen ihnen Worte und Gesten. Noch brennen ihre Augen von dem lodernden Flammenmeer, in das sich diese Stadt verwandelt hatte. Sie erzählen von den Tausenden auf der Flucht, verfolgt und versengt von dem Feuer, das ein starker Wind bis zum Fluß treibt, von dem Durcheinander von Menschen, die über die Brücke rennen, stolpern, auseinandergerissen werden und ihre Habseligkeiten verlieren, die sofort unter den Rädern der Handkarren zerquetscht werden oder auf dem Fluß davontreiben, der ohne Hast dem Meer in der Ferne entgegenströmt. Hunderte und Tausende von Menschen, die ihren Lauf erst verlangsamen, als sie auf die Pariser stoßen, denen sie sich anschließen, zusammen mit den letzten Gruppen. Sie erzählen ihnen, was passiert ist, so daß die Kunde weitergetragen wird und mit den ersten, die die Stadt erreichen, auch allen anderen zu Ohren kommt, dort, auf der großen Esplanade von Bordeaux, wo die Weisheit der Philosophie und der Geschichte und die Allwissenheit der Götter warten, als hätten sie sich eigens zu dem Zweck, diesen Tag zu erleben, dort eingefunden.

Von der Höhe seines Sockels herab erinnert sie Montaigne daran, daß die Menschheit, nach allem, was er hier sieht und hört, noch immer unfähig ist, Wahrheit und Gerechtigkeit zu erlangen; und das gleißende Licht dieses Junitages verleiht der steinernen Ironie, die in das Lächeln Montesquieus gemeißelt ist, besonderen Nachdruck.

Das Jakobinerdenkmal gemahnt daran, daß der Wind der Geschichte Segel zu blähen, aber auch Steuerruder zu zerbrechen vermag, daß nicht immer Weisheit und Toleranz die Schritte der Menschen lenken.

Aus dem Gewimmel der Menschen ragt die olympische Gleichgültigkeit des Handels und der Schiffahrt, die, hoch auf ihren Säulen thronend und mit einem Schiffsbug geschmückt, dem Wirbel Tausender zuschauen, die sich ratlos im Kreis drehen und glauben, dem Sog des Strudels, dem Fatum, entgehen zu können.

Man wußte bereits, daß auch die berühmten Kadetten von Saumur die vielen tausend Soldaten nicht hatten aufhalten können, die siegreich Richtung Süden vorrückten, nachdem sie in Paris einmarschiert waren und die Stadt erobert hatten.

Natürlich traf die Nachricht von der Besetzung der wichtigsten Städte und Stellungen in Belgien, Holland und in anderen Ländern den Konsul und alle anderen portugiesischen Diplomaten nicht unvorbereitet. Schon vor mehr als zwei Monaten hatte Veiga Simões, ein Politiker, der dank seines persönlichen Ansehens über die besten Kontakte in

Berlin verfügte, seiner Regierung in Lissabon mitgeteilt, daß die Deutschen planten, Dänemark, Norwegen und Schweden zu besetzen und gleichzeitig Frankreich, Belgien und Holland anzugreifen.

Der Konsul hatte die deutsche Offensive erwartet, aber nicht einen so schnellen Vorstoß. Er konnte es kaum begreifen, daß der belgische König Leopold kapituliert oder daß General Weygand den allgemeinen Rückzug aus Paris angeordnet hatte, sogar ohne den Präsidenten darüber zu unterrichten, obwohl er genau wußte, daß Paul Reynaud befohlen hatte, die Hauptstadt Frankreichs unter allen Umständen zu verteidigen.

In diesem Krieg mußte man genauso schnell Beschlüsse fassen und wieder ändern, wie sich die Ereignisse überstürzten und die Kunde von neuen Waffen des Feindes eintraf: die «fliegenden Männer», die die Deutschen vom Himmel herabfallen ließen, bis an die Zähne bewaffnet; die gefürchtete fünfte Kolonne, tödlicher als ein Virus, weil niemand wußte, wo sie sich versteckte und wo sie angriff. Die Angst vermehrte ihren Ruhm, hatte sie doch in Frankreich eine regelrechte Hysterie gegen Touristen und Flüchtlinge verbreitet. Die Ausländer riskierten bei Razzien schikaniert oder ins Gefängnis, ja sogar in Konzentrationslager gesteckt zu werden.

Nach der Landung der Fallschirmspringer in Holland und nach dem raschen Vorrücken der Deutschen fing auch der Konsul an zu glauben, daß *Die Zerstörung von Paris*, ein in den dreißiger Jahren veröffentlichter Roman, vielleicht doch nicht reine Fiktion sei. Der Autor des Buches, der deutsche Major von Helders, hatte darin beschrieben, wie dreitausend Fünfundzwanzig-Kilogramm-Brandbomben und zehntausend Tonnen Gas über Paris abgeworfen wurden. Eine Horrorgeschichte. Auf über hundert Seiten

wurde geschildert, wie ein Tausend-Kilogramm-Torpedo den Eiffelturm zertrümmerte und welche Qualen drei Millionen Pariser, ohne Nahrung und abgeschnitten vom Rest der Welt, zu erleiden hatten.
Der Konsul wollte lieber nicht mehr an dieses Buch denken, das er damals mit ungläubigem Staunen gelesen hatte. In Bordeaux rechnete man stündlich mit dem Eintreffen der deutschen Truppen, die im Verlaufe von ungefähr einem Monat so wichtige Städte wie Utrecht, Lüttich, Sedan, Rotterdam und Paris eingenommen hatten. Innerhalb einer einzigen Woche, wurde behauptet, hätten sie tausendfünfhundert Flugzeuge der Alliierten zerstört. Man konnte sich vorstellen, was für ein Blutbad die siegreichen Truppen Hitlers unter diesen verwirrten Menschen anrichten würden, wenn es ihnen nicht gelänge, die Grenze rechtzeitig zu erreichen. Sie alle flohen aus dem einen oder anderen Grund vor dem Hakenkreuz; viele von ihnen waren Juden.
Auf der *Place de Quinconces* lichtete sich die Menge allmählich. Jemand hatte gesagt, auf dem portugiesischen Konsulat könne man ein Visum für die Einreise nach Portugal bekommen. Ganze Gruppen und Familien machten sich auf den Weg dorthin.
Vielleicht hätte er ja mit angehaltenem Atem und den Schuhen in der Hand durch die Flure des Konsulats schleichen können; oder er hätte in sein Zimmer gehen und sich schlafend stellen können, wie früher, um den Fragen seiner Mutter auszuweichen, wenn er als Junge eine Dummheit begangen hatte – brach es aus Filipe heraus. Aber da waren all diese Menschen unter den Balkonen, fiebrige Menschen in panischer Angst, die alle nur eine Hoffnung hatten: ein Visum zu bekommen, egal, wie viele Stunden darüber vergehen, wie oft Sonne und Mond ihr

Versteckspiel miteinander treiben würden. Unmöglich, die Augen zu verschließen! Es gab kein Naphthalin gegen die anständigen Gefühle, die ihm und seinen Eltern wie Motten den Egoismus zerfraßen.

Nein, sie hatten es nicht übers Herz gebracht, die Fenster zu schließen und die Vorgänge hinter den Glasscheiben zu beobachten.

Der Konsul ging vom Fenster zum Schreibtisch, wühlte in seinen Papieren und las einige lose Notizen seines persönlichen Tagebuchs, das er seit der Machtergreifung Hitlers im Jahre 1933 führte. Er verfolgte mit großer Besorgnis das Erstarken der Nationalsozialisten, die sich um den Führer scharten, der für sie die stramme, nach einer neuen Ordnung strebende deutsche Jugend verkörperte.

Im Garten des Konsuls dröhnten gläserne Schritte – vielleicht das Echo der genagelten Schuhe der Deutschen, die über französisches Pflaster marschierten, auf den Quais von Bordeaux? Nein, es waren noch nicht die Stiefel der Soldaten, sondern das Geräusch von Kinderfüßen auf dem Kies, das dem Konsul in den Ohren zersplitterte.
Das Lachen und Weinen der Kinder vor seinem Haus, die aus den unterschiedlichsten Ländern kamen, pochte wie der Schlag eines Türklopfers in all seinen Sinnen, immer wieder, wie langgezogene Hilfeschreie.
Und drinnen, im Schaukeln der Kristalleuchter, lauerte die Angst vor den Stukas, die zähnefletschend über die Stadt herfallen würden.
Draußen aber, unter dem Fenster der Kanzleistube, ein Crescendo menschlicher Geräusche und flehenden Schweigens, eine lange Reihe wartender Menschen vor dem Konsulat, eine Schlange, die sich wie ein Schlüssel zu seiner Tür hin wand.
So hatte der Zufall der Geschichte die Erwartungen und Hoffnungen anderer in die Hände des Konsuls gelegt.
Nein, er schlief nicht. Es war kein Alptraum. Es erwartete ihn nicht die übliche Routine, das Aneinanderreihen von Vokalen und Konsonanten in Mitteilungen und Depe-

schen. Nun galt es, die Waffe des Wortes zu führen – diese Waffe, schwerer als eine Keule und gefährlicher als eine Kugel oder ein Schwert. Gewaltige Macht des Wortes! Wie oft fällt uns diese einfache Geste schwer: das Wort zu bilden, das Symbol der Vermittlung zwischen dem Menschen und dem Unaussprechlichen, das Wort, das zur Tat wird.
Noch einmal las er die Anweisungen des Außenministeriums. Nirgendwo konnte er auch nur den kleinsten Hinweis entdecken, der es ihm ermöglichen würde, zumindest denjenigen, denen von deutscher Seite die größte Gefahr drohte, ein Visum auszustellen. Wie sollte er das bewerkstelligen, ohne seine eigene Karriere zu gefährden?
Wie konnte jemand, der ein Dutzend hungriger Mäuler zu stopfen hatte und den auch Wohlstand, Annehmlichkeiten und Erfolg ganz konkret an die Welt ketteten, diese Fesseln einfach sprengen – um der abstrakten Idee willen, Gutes zu tun, ohne Ansehen der Person?
Und gerade jetzt, wo er die Möglichkeit hätte, selbst mitzukämpfen – in dieser größten aller Schlachten gegen einen mörderischen Hochmut unzähligen Geschöpfen gegenüber, die Gott wie alle anderen Menschen nach seinem Bilde erschaffen hatte –, sollte er untätig bleiben! Genau dazu zwangen ihn die Anweisungen des Außenministeriums, die im ersten Absatz das absolute Verbot enthielten, jüdischen Personen, ungeachtet deren Staatsangehörigkeit, ein Visum auszustellen. Unter den vielen Menschen, die da draußen warteten, waren bestimmt Ehepaare unterschiedlicher Religion, die sich nicht trennen wollten. Männer, Frauen und Kinder, ganze Familien jüdischen Glaubens; Kreaturen, die durch Europa irrten, immer weiter, bis die antisemitische Doktrin der Nazis oder anderer, von Hitler begeisterter Fanatiker, sie einholen würde. Er bräuchte nur einige Worte zu schreiben,

und all diese Leute wären gerettet. Aber das konnte er nicht tun.
Er hatte Aufgaben, Pflichten, eine Familie. Angst.
Er hatte Überzeugungen, Gerechtigkeitssinn, Glaubensgrundsätze. Selbstachtung.
Er wollte nicht denken, nicht hören, nicht sehen. Auch nicht der Versuchung erliegen, über sich selbst zu richten. Unfähig, die Wut zu beherrschen, die seine Hand führte, warf er Stempel und Stifte in den Kamin, in dem zu dieser Jahreszeit kein Feuer brannte.
Als die Spannung unerträglich wurde, spähte er durch das Fenster. Die Menschenmenge und das Stimmengewirr schwollen an. Er wagte es, über die Launen Gottes nachzudenken, dem es beliebte, in einer verlassenen Einöde Wunder zu vollbringen und sich einfachen, glücklichen Geschöpfen zu offenbaren, der sich aber Tausenden verweigerte, die ihn verzweifelt anriefen.
Er blickte zum Himmel hinauf, der sich so zeigte, als ob er göttlichen Ereignissen geneigt sei. Keine einzige Wolke war am Zenit zu sehen, und so hell schien die Sonne, daß er sich nicht gewundert hätte, wenn sie sich wie ein Feuerrad wirbelnd um sich selbst gedreht und am Himmel tanzend den kosmischen Gesetzen getrotzt hätte. Aber hier gab es keine Steineiche, keine Hirtenkinder, auch keine göttliche Botschaft, die zu festgesetzter Stunde eintreffen sollte. Und es erschien auch keine Heilige Muttergottes, um das Ende des Krieges anzukündigen.
Niemand würde ausrufen: Ein Wunder! Ein Wunder!
So durchlitt dieser Mann die schlimmste aller Belagerungen, ein Gefangener seiner selbst zu sein.
Der Konsul schloß sich in seinem Arbeitszimmer ein und zog die schweren Samtvorhänge zu. Er hätte sich am liebsten in einem riesigen, undurchlässigen Würfel versteckt.

Als ob es möglich gewesen wäre, sich ganz und gar den Geräuschen, dem pulsierenden Leben, der Geduld und dem Glauben all derer zu verschließen, die vor seiner Tür darauf warteten, daß er wieder Einreisevisa nach Portugal erteilte, wie er dies seit 1936 getan hatte!
Drei Tage und drei Nächte lang überließ sich der Konsul dem Fieber. Schüttelfrost und eiskalter Schweiß löschten seinen Willen aus und beraubten ihn der Energie, die der Geist braucht, um den Körper zum Kampf anzutreiben.
Er war sich der vielen Menschen, die auf seinen Befehl hin im Konsulat untergebracht wurden, sei es, weil sie kranke Kinder hatten oder selbst geschwächt waren, nicht bewußt; er hörte ihre Schritte und Geräusche nicht. Er würde sich, sehr viel später erst, nur noch daran erinnern, wie er eine Nacht lang mit einem Rabbiner über Gott und die Welt diskutiert hatte. Aber vielleicht war es nur ein Traum, eine Antwort, gewesen.
In diesem fiebrigen Zustand des Halbbewußtseins erforschte er seine Seele, entdeckte er die Grenzen seiner Kräfte. Er dachte über das Leben nach und über die Geschichte, die der Zufall so nahe vorbeiströmen ließ, daß auch er sich in diesen Fluß ergießen konnte, dessen Wasser nie wieder zwischen denselben Ufern fließen würde.
In seinem Delirium hielt er sich für das Werkzeug der Verheißung an das auserwählte Volk. Er wartete darauf, daß sich auch ihm der göttliche Befehl, der Moses im brennenden Dornbusch verkündet worden war, offenbaren würde. Aber es waren lediglich Fragmente von Gebeten, die in seiner Erinnerung auftauchten: «*Also sprich nur ein Wort, so wird meine Seele gesund.*» In seinem Kopf schwirrten allerlei Bibelverse durcheinander, und während ihn das Fieber und die Erschöpfung vor dem, was um ihn herum vorging, abschirmten, blickte er in das gerötete Antlitz

eines Christus, der auf dem Weg zur Kreuzigung war, mit eingesunkenen Augen, den Rücken unter der Last des Kreuzes gekrümmt, ein Knie auf den Boden gestützt.

Die Metapher des Kreuzes. Die Allegorie, daß ein jeder, gebückt und den eigenen Körper züchtigend, die Last seiner Sünden zu tragen hat.

Er fragte sich unter Tränen, ob er fähig wäre, sich zu kreuzigen – denn das Erschreckende an der Allegorie ist ja nicht, das Kreuz zu tragen, sondern sich selbst ans Kreuz nageln zu müssen, was ihn bestimmt erwarten würde, wenn er, seinem Gewissen folgend und mit sich selbst im Einklang, die Befehle seiner Regierung mißachtete.

Der fiebrige Zustand verzögerte die Entscheidung, die der Konsul früher oder später zu treffen hatte, und schützte ihn vielleicht sogar davor, als der zu handeln, der er war, und nicht als der, der er zu sein hatte. Als er aus dem Fieber und dem Delirium erwachte, fand er den Grund, weshalb es ihm bestimmt war, in dieser schweren Stunde an eben diesem Ort zu sein. Er verkündete den Seinen und den Angestellten, daß die göttliche Vorsehung ihn in Bordeaux festhalte, weil all diese Menschen vor dem Tod gerettet werden müßten, und er wies sie an, ihm den Federhalter, das Prägesiegel und die Stempel zu bringen, die Türen des Konsulats zu öffnen und die Bittsteller in die Kanzleistube zu führen.

Was vermag schon der einzelne gegen die Logik der Ereignisse, die sich gegen ihn verschwören?

Eine Lawine von Menschen, Tausende und Abertausende, würde auf die Grenze Frankreichs zu Spanien herabstürzen (aus Belgien allein kamen zweieinhalb Millionen), Menschen auf der Flucht, die im Rhythmus von Luftangriffen und Fliegeralarm Städte durchquerten und alles auf sich nahmen, um an diese Grenze zu gelangen. Die Panik, die sie ungestüm vorwärts trieb, mochte wohl hier und da ein paar Hundert auf dem Weg zurücklassen, wie dies in Bordeaux geschehen war, aber die große Masse von Menschen würde mit gewaltigem Druck über die Städte an der Grenze hereinbrechen.

Der Konsul hatte eine ganz klare Vorstellung von dieser Situation, als die Schlange vor seiner Tür auf ein paar Dutzend Leute zusammenschrumpfte und die Betriebsamkeit im Konsulat abflaute. Im Zeitraffer sah er, was in Bayonne passieren würde. Und er war nicht dort! Diese Vision war ein Ruf. Und der Druck, der während vieler Stunden auf ihm gelastet hatte, der Zwang zu handeln, trieb ihn mit aller Macht vorwärts, Richtung Süden, um dort zu vollbringen, was er in Bordeaux begonnen hatte.

Er begleitete Personen, die sich in Schwierigkeiten befanden, zu einem wenig frequentierten Grenzübergang, wo Nachrichten erst mit großer Verspätung eintrafen und wo man den Konsul gut kannte, da er immer diesen Übergang benutzte, wenn er mit seiner Familie nach Portugal reiste. Dann fuhr er weiter nach Bayonne. Um das portugiesische Konsulat herum herrschte ein unbeschreibliches Durcheinander. Da niemand ihn kannte oder wußte, in welcher Absicht er kam, mußte er sich mühsam seinen Weg durch die Menge bahnen; er wurde geschoben und gestoßen, eingekeilt und beschimpft, da die Menschen, die schon lange dort warteten, glaubten, er wolle sich vordrängen. Keiner hörte seinen Erklärungen zu. Schließlich gelang es ihm, die schmale Gasse zu überqueren und zum Eingang zu gelangen, wo ihn ein Beamter regelrecht aus der Menge herausriß. Das Geländer an der alten Holztreppe, über das schon unzählige Hände geglitten waren, schaukelte wie ein Rettungsboot bis hinauf in den dritten Stock, bis zur Tür des portugiesischen Konsulats.

Er spürte weder den Schmerz der Stöße noch die Müdigkeit von der langen Reise, die er in Rekordzeit zurückgelegt hatte. Er setzte sich und fing an, ein Visum nach dem anderen zu unterzeichnen. Federhalter und Stempel führte er mit einer derart frenetischen Energie, daß später ein Zeuge der Verteidigung im Prozeß aussagte, der Konsul hätte den Eindruck erweckt, den Verstand verloren zu haben.
Er unterzeichnete und stempelte so lange, bis ihm ein Beamter der Regierung den Befehl überbrachte, unverzüglich nach Portugal zurückzukehren.
Daß er sich zum ersten Mal in seinem Leben offen gegen die Macht aufgelehnt und dadurch große Risiken auf sich genommen hatte, deren Schatten seine Zukunft verdüstern würden, erfüllte ihn mit dem befriedigenden Gefühl einer nie gekannten Freiheit. Sein Gesicht nahm wieder einen gelösten Ausdruck an. Er war fähig gewesen, im Einklang mit sich selbst und mit dem, woran er im Innersten glaubte, zu handeln. Diesen Ruhm wollte er bis zum Ende auskosten.
Diejenigen, die ihn auf seiner erzwungenen Rückreise begleiteten, waren erstaunt über das ironische Lächeln der Zufriedenheit auf dem Gesicht eines Diplomaten, der vor die Regierung zitiert wurde, um Rechenschaft über einen schweren Akt des Ungehorsams abzulegen, über ein Verhalten, für das ihn Salazar zweifellos büßen lassen würde. Sie wußten nicht, daß sich, zwischen seinen Papieren versteckt, Manuskripte eines bekannten Schriftstellers befanden, in denen die Nazis angeklagt wurden; daß der Konsul auch dann noch die Gefahren der Gehorsamsverweigerung auf sich nahm, als er schon nicht mehr die Möglichkeit hatte, mit den Buchstaben seines Namens so viele Menschen vor unsäglichem Leid zu retten – Menschen,

von denen er nicht einmal wußte, wie sie aussahen, weil er keine Zeit gehabt hatte, sie anzuschauen. In seinem Gepäck reisten Ideen, die weiterleben sollten, frei und für immer.

Der Konsul würde später erzählen, daß eine Gruppe Menschen, der er in Bayonne begegnete, ihn erkannt und ihm zugejubelt habe. Vielleicht. Wer möchte sich nicht mit einer Ruhmeskrone schmücken, und sei sie noch so vergänglich?

Es ist mir wohl bekannt, daß viele die Meinung vertraten und viele sie vertreten, die Dinge auf dieser Welt würden auf solche Weise von Fortuna und von Gott geleitet, daß die Menschen mit ihrer Klugheit sie nicht ändern könnten, ja überhaupt kein Mittel dagegen hätten, und die daher zu dem Urteil kommen könnten, man sollte sich nicht viel mit den Dingen abplagen, sondern sich der Leitung des Schicksals überlassen. Diese Meinung hat in unserer Zeit viel Zustimmung gefunden wegen des großen Wechsels der Dinge, den wir erlebt haben und jeden Tag erleben, jenseits aller menschlichen Erwartungen. Im Gedanken neigte auch ich bisweilen in mancher Hinsicht dieser Meinung zu. Dennoch halte ich es – um unseren freien Willen nicht auszuschließen – für wahrscheinlich, daß Fortuna zwar zur Hälfte Herrin über unsere Taten ist, daß sie aber die andere Hälfte oder beinahe soviel unserer Entscheidung überläßt.
Machiavelli

Es hatte bereits vier Uhr geschlagen. Zé do Vau ließ seinen Blick aufmerksam über den Balkon und den Platz schweifen, wie ein Buchhalter, der Belege prüft. An einem solchen Tag hatte man die Chance, alle möglichen Leute zu treffen; beispielsweise den richtigen Partner, mit dem sich ein lukratives Geschäft anbahnen ließe. Dieses Dorf wurde langsam zu einer regelrechten Fundgrube, und er war weiß Gott nicht der Mann, der sich eine gute Gelegenheit entgehen lassen würde. Er hatte zunächst daran gedacht, den Journalisten einzuladen, aber der Bart dieses noch jungen Mannes flößte ihm einen gewissen Respekt ein. Er hätte nicht sagen können, weshalb er schon als kleiner Junge diese fixe Idee im Kopf hatte: Einem Mann, der seinen Bart sprießen läßt, so lang wie die Haare des Maiskolbens, mangelt es an der Dreistigkeit, die jedem Geschäft die notwendige Würze verleiht; jedes Barthaar ein Skrupel. Mit dieser Sorte wollte er lieber nichts zu tun haben. Also beschloß er, die zwei Industriellen aus Lissabon, Freunde seines studierten Schwiegersohnes, zu einem kleinen Imbiß einzuladen. Da aber die beiden zu den Gästen auf dem Balkon gehörten, würde er wohl oder übel die Rede bis zum Ende anhören müssen, um die Herren dann gleich abfangen und nach Cinfães mitnehmen zu können, wo ihnen Ti Esgana in seiner kleinen Kneipe ein gebratenes Neunauge vorsetzen würde. Ti Esgana war Fischer und Koch zugleich, und wie man ein Neunauge richtig zubereitete, wußte er sehr wohl und machte auch kein Geheimnis daraus, schlitzte er doch den Fisch vor aller Augen auf, nachdem er ihm im heißen Wasser den Garaus gemacht hatte.

Zé do Vau rieb sich die Haut an den Fingern, die um die eng sitzenden Ringe herum gerötet war, ein Zeichen, daß er es satt hatte, den Worten zuzuhören, die von den Lippen des Redners perlten und die er nur der Spur nach verstand, gerade so weit, um das Wesentliche der Rede erfassen zu können.

«Er war ein äußerst kultivierter Mann, der einen Teil seines Lebens in den Samt der Äußerlichkeiten bettete, in das starre Korsett der Konventionen zwängte, so daß er gar nicht in der Lage war, die Fähigkeiten zu entwickeln, die notwendig sind, um sich verteidigen zu können, nämlich Schlauheit, Voraussicht und jenes intuitive Wissen um bevorstehende Ereignisse, über das einfache Leute instinktiv verfügen und dessen sie sich bedienen, wann immer in der Luft, die sie einatmen, die Warnung einer bevorstehenden Gefahr mitschwingt. Und genau zu der Stunde, in der die Umstände des Lebens ihn exakt an den Punkt stellten, wo das Ich und das Selbst, das wir auch Gewissen nennen können, sich begegnen, als er eine fast perfekte Vision nicht der einzelnen Ereignisse, sondern des Geschehens insgesamt hatte, da hat sich dieser Mann, den wir heute ehren, von seinem Status, seinen Annehmlichkeiten und seinen Interessen losgesagt. Bar jeglicher Durchtriebenheit legte er sein Schicksal in die Hände seines Gewissens, und er wußte, daß er dem täglichen Kampf schutzlos ausgeliefert sein würde.»

Zé do Vau konnte nicht glauben, daß der Konsul diese Visa umsonst ausgestellt hatte. Sogar ein Ignorant wie er wußte doch, daß man für diese begehrte Ware jeden Preis hätte verlangen können. Nein, das hatte er wirklich nicht glauben wollen. Nicht einmal als er erfuhr, daß der Herr Doktor eine Tür und ein paar Stuhlbeine verbrennen mußte, um sich zu wärmen.

So selbstlos konnte eigentlich nur jemand sein, der Handschuhe gegen die Kälte braucht, der keine Spucke vergeuden muß, ehe seine Hände die Hacke ergreifen, jemand, der den Wert des Geldes gar nicht zu schätzen weiß.

Wie hätte der Konsul denn ahnen können, wie hart ihn das Elend treffen würde? Hatte er doch keine Vorstellung davon, wie die Armen schufteten und sich abrackerten, um ein bißchen Glück zu erhaschen. Nie hatte er jenes beklemmende Gefühl in der Brust gespürt, jenen Splitter der Hoffnung, wenn die Spitzhacke im unermüdlichen Auf und Ab plötzlich auf den schwarz glänzenden, grünäugigen, goldgesprenkelten Stein stößt – den Wolframstein, manchmal nicht größer als eine Nuß, und doch begehrter als die Wonnen der Liebe.

Der Schwamm der Zeit hatte die Bewohner des Herrenhauses weggewischt; auch in der Erinnerung von Zé do Vau waren sie schon ganz verblaßt. Und dann, vor einigen Monaten, weiß der Teufel weshalb, hatte man plötzlich begonnen, im Leben des Konsuls rumzustochern. Mit den Zeitungen hatte es angefangen. In den Kneipen und Cafés der Umgebung erzählte jeder, was er darüber wußte, und Zé do Vau, der hier was las und dort was hörte, gelangte langsam zu der Überzeugung, daß sein ehemaliger Herr tatsächlich nicht nach den Reichtümern gegriffen hatte, obwohl er nur die Hand hätte ausstrecken müssen. Nein, er hatte bestimmt auch kein Vermögen bei ausländischen Banken, wie einige behaupteten.

Das Schicksal des Konsuls, wie es erzählt und auch in Reden dargestellt wurde, erinnerte Zé do Vau an die Geschichte jener Goldgräber, die Gold suchen, aber nur grüne Steine finden, von denen sie einen als Talisman behalten und die anderen wegwerfen. Diese Goldgräber sterben als arme Schlucker, verhelfen aber denjenigen zu Reichtum, die wissen, daß diese Glücksbringer, mit denen die Toten den Weg ins Jenseits antreten, kostbar sind. Sie schänden die Gräber und rauben die Smaragde, wie früher die Plünderer der Pyramiden. So ähnlich war es auch dem Herrn Doktor ergangen.

Und was ihn betraf, Zé do Vau, Sohn der Maria do Vau, einst ein Habenichts, so stünde er wohl nicht da, wo er jetzt stand, hätte er nicht im Hause des Konsuls gearbeitet, wo er die Ziegelsteine und den Mörtel gefunden hatte, mit denen er seine Träume baute: ein stattliches Haus, ein Auto, Töchter, die Klavier spielen, sein eigenes Ölporträt. Im Umgang mit seinem Herrn hatte sich Zé do Vau für den synkopischen Rhythmus der Befehle begeistert, auf die sich das Gespräch mit Bediensteten beschränkte: Los, los! Obst pflücken! Umgraben! Schneiden! Säen! Ausreißen! Hopp, los!

Seit er sich in den Kopf gesetzt hatte, alles zu unternehmen, um reich und angesehen zu werden, hatte Zé do Vau überall seine Finger drin, wo es nach Gewinn roch. Der Erfolg hatte seine kühnsten Träume übertroffen: Fabriken, Häuser, Aktien, die Töchter gut verheiratet – Scheißringe! Entweder mußte er sie weiter machen lassen, oder er würde seine Ringfinger verlieren.

Heute hieß es überall: «Jawohl, der Krieg war eine große Katastrophe.» Was für ein Unsinn! Der Krieg war ein Segen, der viele Leute satt gemacht hatte. Wie viele andere, die sich auf einem kargen Stück Land abrackerten und doch nie genug Kartoffeln fürs ganze Jahr ernteten, hatte auch er mit dem Wolfram sein Glück gemacht. Und während seine Hacke, auf und ab, auf und ab, Funken aus den Steinen schlug, stürmten seine Gedanken mit solcher Begierde durch seine Träume, bis sie auf die Wirklichkeit stießen, die sein zäher Wille – graben, kratzen, schaben – aus dem Boden des Unmöglichen herausholte. So trotzte er dem Leben ab, was er haben wollte.

Genau wie die anderen hatte er damit angefangen, in seinem Acker zu graben, womit er eine schöne Stange Geld verdiente, denn das Wolfram brachte dreihundertfünfzigtausend Réis pro Kilo, und ein ganzer Sack voll war ein Vermögen wert. Später hatte er seinen Acker für fünfzehntausend Escudos an die Bergwerksfritzen verkauft. Und als er dann sah, wie einige Häuser ein neues Ziegeldach bekamen, wie der Preis für ein Weizenbrot auf zehn Tostões kletterte und wie sich auch in der Sonntagsmesse ein gewisser Luxus bemerkbar machte, da flüsterte ihm sein Schutzengel ein, daß das ganz große Geschäft mit dem reinen Wolfram zu machen sei. Damit ließen sich seine fünfzehn Tausenderscheine vermehren, ohne Schwielen an den Händen und ohne Steine zu schleppen. Andere würden diese Arbeit für ihn verrichten, damit er das Geld scheffeln könnte. So kam es, daß in seinem Laden das rohe Erz gegen Stoff, Zucker und Kabeljauschwänze eingetauscht wurde. Er schaffte sich eine Aufbereitungsmaschine an und wurde Unternehmer und Schwiegervater von drei studierten Herren, denn es war ihm gelungen, nicht nur sein Kapital gut anzulegen, sondern auch seine Töchter vorteilhaft unter die Haube zu bringen, indem er zwar nicht sehr viel in ihre Bildung, dafür aber um so mehr in ihre äußere Erscheinung investiert hatte. Egal, ob gebildet oder Analphabet, worauf es einem Mann bei einer Frau ankommt, ist doch immer dasselbe: der kecke Blick, die schwungvolle Hüfte, der wohlgeformte Busen. Die Berührungen, die nach und

nach geduldet werden. Und all dies gewinnt noch an Reiz, wenn die Aussicht auf eine saftige Mitgift besteht.
Er selbst, der kaum lesen und schreiben konnte, hatte sich immer an die Regel gehalten, daß Nächstenliebe zu Hause anfängt. Mit dem Wolfram und dem Verzeichnis seiner Schuldner hatte er für die Zukunft seiner Töchter vorgesorgt. Was kümmerte es ihn, daß man weder seinen Namen kennen noch eine Ehrung für ihn veranstalten würde, wenn er mal tot war! Viel klüger war es, an das gebratene Neunauge zu denken, denn wenn er weiter seine Seele durchpflügte und an den Ausspruch seines Großvaters: «Ein Mann ist erst richtig tot, wenn sein Name nicht mehr genannt wird» dachte, würde er sich den Tag gründlich verderben.

Der Journalist versuchte, mit seiner Kamera Bilder und Zeichen einzufangen, die das ausdrückten, was die unausgesprochenen Worte sagen wollten. Eine Art Lesen zwischen den Zeilen der Falten, der Blicke, der Gesten. Er fixierte das Gesicht von Zé do Vau und überlegte, ob er ihn ansprechen, ein kleines Interview machen sollte, um auch im Ton festzuhalten, was seine Bilder ihm später über die Gedanken dieses Mannes enthüllen würden. Aber schon hatte der nächste Redner das Wort ergriffen, und seine Ausführungen waren für den Journalisten eine Art Antwort auf einige Schicksalsschläge im Leben des Konsuls, von denen ihm Mariana schon erzählt hatte.

«Und so wurde dieser Diener seines Staates zur Untätigkeit gezwungen, weil er den Mut besessen hatte, sich einzig und allein von Selbstlosigkeit und Großherzigkeit leiten zu lassen, diesen Tugenden, die von den Portugiesen im Verlaufe ihrer achthundertjährigen Geschichte so oft und so eindrücklich unter Beweis ge-

stellt wurden. Im Alter von fünfundfünfzig Jahren kehrte er mit seiner vierzehnköpfigen Familie in die Heimat zurück, hierher, in dieses Dorf, wo noch einige derer, die mir heute zuhören ...»

Der Journalist näherte sich einem Mann, der dem Alter nach das Leben der Besitzer des Herrenhauses gekannt haben mußte. Er stellte ihm ein paar Fragen – Fragen von der Art, die man beantwortet, ohne sich dessen bewußt zu sein. Er verstand es, auch die Zurückhaltendsten dazu zu bringen, sich über ihre Mitmenschen zu äußern.

Aber gewiß, Ti Manel Paizinho erinnerte sich noch genau an die Rückkehr des Herrn Konsul. Sie hatten sich alle darüber gewundert, daß er schon so früh kam, im Juli und nicht, wie normalerweise, im August. Vielleicht hatte er ja irgend etwas gedeichselt, um dem Krieg zu entkommen. Aber da gab es noch andere Merkwürdigkeiten, über die auf dem Feld und in der Kneipe geredet wurde: Wie kam es, daß nicht einmal die Kinder, die hier lebten, von der Ankunft ihres Vaters wußten? Weshalb fuhr hinter dem Auto des Konsuls eine ganze Kolonne schwerer Limousinen? Und weshalb waren weder er noch die Männer, die ihn begleiteten, rasiert, was so gar nicht der Gewohnheit dieser Herren entsprach?
Mehr wollte Ti Manel Paizinho aber nicht preisgeben.
«Das ist alles, was ich dazu sagen kann, sonst zetern die Leute gleich: Ah, früher ging der barfuß, und jetzt will er sich wichtig machen! Deshalb bin ich vorsichtig. Wissen Sie, ich habe so einiges gelernt, draußen in der Welt; bin nicht umsonst von hier weggegangen und einige Jahre zur See gefahren.»
Und was die Rückkehr des Konsuls betraf, meinte er:
«Abgesehen von diesen merkwürdigen Einzelheiten war

eigentlich alles mehr oder weniger wie immer, das Haus voller eingebildeter Leute, die auf seine Kosten lebten. Wie gesagt, alles wie früher.»

Nach der unerwarteten Rückkehr des Konsuls und seiner Familie änderte sich das Leben der Bediensteten nur insofern, als die tägliche Arbeit im Herrenhaus zunahm, weil es mehr Gäste gab.
Noch glaubte der Konsul, daß er für seinen Ungehorsam nur eine leichte Strafe würde verbüßen müssen.
Der Umgang mit ganz unterschiedlichen Menschen und Situationen hatte ihn gelehrt, daß ein Mann von Welt erst dann in Mißkredit gerät, wenn er aufhört, den Jahrmarkt der Eitelkeiten zu frequentieren; daß der Schein gerade dann gewahrt werden muß, wenn das Unglück vor der Tür steht.
Noch hatte die Köchin den Auftrag, das Donnerstagssüppchen auszuteilen.
Noch beherbergte der Konsul Flüchtlinge, die darauf warteten, in den Kongo oder auf den amerikanischen Kontinent auszuwandern; andere hingegen, die von den Agenten der P.V.D.E. aufgesucht und darüber informiert wurden, daß sie im Falle einer Beteiligung an einer Demonstration gegen den portugiesischen Staat des Landes verwiesen würden, suchten sich anderswo eine Bleibe, vor allem in Figueira da Foz oder Caldas da Rainha.
Noch kamen die Freunde ins Herrenhaus.
Noch wurden Empfänge gegeben, über die im Gesellschaftsteil der Zeitungen berichtet wurde.

Das Knarren der alten und wackeligen Dielen, auf denen früher die schweren Möbel des Speisesalons gestanden hatten und über die sie nun gehen mußte, um zum Balkon zu gelangen, hallte im Gedächtnis von Mariana wider und erinnerte sie heute, nach mehr als vierzig Jahren, an das letzte Bankett, das ihr Vater gegeben hatte.

Ein plötzlicher Lärm hatte die Stimmen verschluckt und die Gespräche zum Verstummen gebracht. Mitgerissen vom Silberbesteck zersplitterten Teller und Gläser auf dem Boden, während Wein, Soßen, Gemüse und Fleischstücke nur so durch die Luft flogen und in den Dekolletés und in den Kleiderfalten der Damen landeten, gegen gestärkte Kragen prallten oder zwischen den Hosenbeinen der Herren verschwanden. Der Perserteppich, die Stühle, die Leute, alles war über und über besudelt.

Der Konsul starrte auf das grüne Seidenkleid der Gattin des Bankiers Skalski, auf dem sich die Flecken im Rhythmus der spitzen Schreie hoben und senkten. Er fühlte sich befleckter als alle andern, als er seinen Sohn Sérgio aus dem Raum zerrte, der die Tischdecke aus Leinen hinter sich herschleifte, die er mit aller Kraft vom Tisch gerissen hatte: Plötzlich war er aufgestanden und hatte die Gäste angeschrien, sie würden bei diesem Bankett die letzten Groschen eines armen und entehrten Mannes aufessen, der die Zukunft seiner Kinder an einen Stein gebunden und in einem tiefen Brunnen ertränkt habe. Er wand sich in den Armen seines Vaters, ohne den Zipfel der Tischdecke loszulassen, und schluchzte mit erstickter Stimme:

«Hätten Sie sie doch krepieren lassen, Vater! Haben Sie diese Leute denn gekannt?»

«Möchtest du, daß man dich im Angesicht einer Kanone allein läßt? Daß man dich sterben läßt?»

«Gehörten sie denn etwa zu Ihrer Familie? Hätten Sie doch alle krepieren lassen! Haben Sie wenigstens an die Ihren gedacht? Jetzt werden nämlich wir sterben, Vater, wir, Ihre Kinder, nach und nach. Elend und Schande können auch töten. Diesmal waren's die Teller und Gläser, das nächste Mal kommen die Kronleuchter dran. Sie schlagen mich nicht, weil Sie sich vor den Gästen schämen? Aha,

Sie haben Ihre Kinder noch nie geschlagen? Dann schlagen Sie mich jetzt, schlagen Sie mich!»
Als der Konsul nach einigen Minuten in den Speisesalon zurückkam, nachdem er Sérgio der beruhigenden und zärtlichen Fürsorge Marianas übergeben hatte, waren alle Gäste schon weg. Er umarmte seine Frau, die zu ihm aufblickte, ohne ihn anzulächeln, wie sie dies sonst tat. Erst in diesem Augenblick fiel ihm auf, wie dick, alt und verbraucht sie geworden war. Seine Augen folgten ihr voller Rührung, als sie ganz langsam, damit er ihr Weggehen nicht bemerkte, den Raum verließ. Aber er hörte, wie sie weinte, als sie zur Speisekammer lief, in der Sérgio sich eingeschlossen hatte, um den Rosenkranz zu beten, was er regelmäßig tat, seit ein Freund ihm anvertraut hatte, daß die Disziplinarstrafe, die über seinen Vater verhängt worden war, im Amtsblatt veröffentlicht werden sollte.
Seit dem Tod seines Bruders Álvaro fühlte Sérgio keinen festen Boden mehr unter den Füßen. Er hatte sogar sein Studium abgebrochen und litt wieder unter Anfällen von Malaria, einer Krankheit, die er sich als Kind auf Sansibar zugezogen hatte. Die Anfälle schwächten ihn sehr, vor allem, wenn er sich, was häufig der Fall war, in einem Zustand nervöser Erschöpfung befand. Seit den Vorfällen in Bordeaux hatte sich seine Gesundheit rapide verschlechtert. Die Angst vor der Zukunft saß ihm im Nacken, denn er wußte intuitiv, daß er zu schwach war, um ohne die Kraft seines Vaters in dieser Welt bestehen zu können. Er ahnte auch, daß die kommenden Ereignisse diese Kraft erschüttern oder sogar zerstören würden, und so klammerte er sich, besessen von dieser Furcht, an Gott. Er versteckte sich vor allen und versuchte, im Gebet Kraft zu finden. Er erschien auch nicht, wenn die Glocke zu den Mahlzeiten läutete. Man fand ihn zwischen Rosmarinbüschen oder im

Maisfeld kniend, wo er betete und seinen Bruder um Hilfe anrief. Die Tränen hinterließen Furchen auf seinen mageren Wangen.

Den kurzen Augenblick des Entsetzens, der zwischen dem Lachen des Bruders und dem Grinsen des Todes lag, würde er nie vergessen.

Die alte Amme wurde ins Haus geholt, um dem jungen Herrn Sérgio die bösen Geister auszutreiben – «der Ärmste, plötzlich so abgemagert und bleich, das war bestimmt der Hauch des Todes oder des Teufels, der ihn berührt hat». Doch weder die Gebete noch der Stechwindentee zur Stärkung des Blutes vermochten Sérgio die Sicherheit und die Kraft einzuflößen, die er brauchen würde, um «das Leben bei den Hörnern zu packen», wie die Amme sagte; pflegte sie doch ihre Gebete und Hausmittelchen mit derart handfesten Ratschlägen zu würzen.

Als der Vater sah, wie Sérgio um den toten Bruder weinte, und als er merkte, wie sein Sohn von Tag zu Tag schwächer wurde, das Leben nicht zu meistern vermochte und immer mehr von ihm abhängig wurde, löste sich der tiefe Schmerz um den Erstgeborenen mit aller Macht aus seinem Innersten, ein seelischer Schmerz, der zur körperlichen Qual wurde. Das Blut, eiskalt und schwer, lähmte seinen ganzen Körper, während Schreckensbilder an ihm vorüberzogen: junge Menschen, die den scharfen Krallen des Lebens schutzlos ausgeliefert waren. Ob damit seine Kinder gemeint waren? Oder vielleicht seine ungeborenen Enkel?

Während dieser Alpträume gehorchten ihm seine Glieder und sein Wille nicht. Die Auflehnung Sérgios war nun der Anlaß, der ihn zur Tat trieb. Das Skalpell, mit dem er sich Stolz und Feigheit aus der Brust schneiden würde. Er konnte nicht länger in diesem Haus auf dem Land leben und darauf warten, daß andere über seine Zukunft bestimmten. Er war immer liebenswürdig und hilfsbereit gewesen, jemand, der es verstand, Freunde für sich zu gewinnen. Das war ihm auch schon oft in einer schwierigen Lage zugute gekommen, zum Beispiel im Falle seines Prozesses gegen die Notare von San Francisco und gegen die mächtige portugiesische Bruderschaft Espírito Santo. Und daß sein Name von den bösen Verleumdungen einiger Mißgünstiger reingewaschen wurde, hatte er dem Respekt zu verdanken, den die geachtetesten Männer der portugiesischen Kolonie in Brasilien ihm entgegenbrachten.

Obwohl die Regierung Salazars vor kurzem umgebildet worden war, hatte der Konsul noch einige Freunde in der Sphäre der Macht; es wäre töricht, nicht zu versuchen, auf das Kapital zurückzugreifen, das er in die Pflege der gesellschaftlichen Beziehungen gesteckt hatte. Er beschloß, nach Lissabon zu fahren, seine Freunde aufzusuchen und ihnen die Ereignisse in Bordeaux in allen Einzelheiten und mit der notwendigen Leidenschaft zu schildern, so daß sie das Gefühl bekämen, selbst dabeigewesen zu sein und ihn und seine Entscheidung besser verstünden. Bestimmt würden sie ihm an den zwei Fronten des Kampfes, den zu führen er sich in diesem Augenblick vorgenommen hatte, zur Seite stehen: die Revision seines Prozesses und die Situation seiner Kinder. Selbst wenn es sich als notwendig erweisen sollte, sie außer Landes zu bringen. Er würde die Hauptstadt erst wieder verlassen, wenn er all dies geregelt hätte.

In den Jahren danach, wenn er allein am Tisch saß, an dem so viele, die sich seine Freunde nannten und die ihm jetzt den Rücken kehrten, gegessen hatten; wenn er sich dabei ertappte, wie er auf das Klingeln des Briefträgers wartete;

wenn er einem seiner Kinder mit der großzügigen Geste aus den Zeiten des Überflusses einen der letzten Zwanzigtausend-Réis-Scheine schenkte; wie oft mochte der Konsul da wohl gedacht haben, daß es vorteilhafter gewesen wäre, wenn er den gesunden Menschenverstand der Pragmatiker hätte walten lassen, die ohne jegliche Scham ihre Überzeugungen und ihre geistigen Werte mit den Interessen des persönlichen Wohlergehens und des gesellschaftlichen Überlebens zu vereinen wissen.

Der Journalist wechselte seinen Standort, um Mariana, deren unauffällige Erscheinung sich ab und zu hinter dem Bruder oder einem Gast auf dem Balkon versteckte, fotografieren zu können.

Es hatte einiger Gespräche bedurft, ehe er in ihrem Gesicht und in ihrem Lächeln eine ganz unerwartete Sehnsucht nach der Zeit entdeckte, die sie vor und nach der Abreise ihrer Brüder in Lissabon verbracht hatte, als sie alle mit knappen Mitteln auskommen mußten, worauf keines der Kinder vorbereitet gewesen war.

Er bewunderte den Mut dieser Frau, die dreißig Jahre lang unermüdlich für die Rehabilitierung ihres Vaters gekämpft hatte. Einerseits aus Liebe, andererseits aus einem Ordnungs- und Gerechtigkeitssinn heraus, der es nicht zuließ, daß die vielen Dutzend Bittbriefe, die der Konsul geschrieben hatte, ohne Antwort blieben. Vielleicht spielte auch das Gefühl mit, eine Aufgabe noch nicht erledigt zu haben, war sie doch die Überbringerin dieser unbeantworteten Briefe gewesen, die ihr, wie sie selbst sagte, nicht aus dem Kopf gehen wollten.

Wenn Mariana von ihren Gängen als Vermittlerin nach Hause kam, wußte sie, daß ihr Vater hinter den Gardinen die beklemmende Ungeduld versteckte, mit der er sie erwartete. Und trotzdem zögerte sie den Augenblick hinaus, in dem sie ihm die Antworten, die keine waren, überbringen mußte. Sie wartete ein wenig am Eingang des kleinen Lebensmittelgeschäfts und sog den köstlichen Geruch von Obst und Gemüse ein. Dann blieb sie vor dem Schaufenster der Havaneza stehen, in dem sich ihr Oberkörper und ihr kleiner Hut zwischen Teedosen, Bonbongläsern und chinesischen Tassen spiegelten, und atmete den exotischen

Duft der Kaffeemischungen ein, die man hier lose kaufen konnte. Sie hatte allerdings noch nie gesehen, daß der Händler welche verkauft hätte.
Kaffee? Nur auf dem Schwarzmarkt, genau wie gutes Fleisch, Olivenöl und Schokolade...»
Ihren letzten Halt machte Mariana im Kurzwarengeschäft. Die Tochter der Händlerin vertrieb sich ihr unfreiwilliges Ledigsein damit, daß sie mit der Häkelnadel «*Gute Nacht*», «*Nur wir zwei*», «*Wach auf, Liebling*» in unzählige Bordüren für Bettwäsche von Brautleuten schrieb. Mariana lobte ihren guten Geschmack und die saubere Arbeit; sie ließ sie ein paar Sätze auf französisch sagen und korrigierte die Aussprache. Dann erkundigte sie sich nach Neuigkeiten, wobei sie ganz besonders daran interessiert war, was die Leute über Fräulein Helga sagten, eine Halbdeutsche, die in der Nr. 116 wohnte und von der man munkelte, sie sei eine Spionin. Dies war auch der Grund, weshalb es die Nachbarn, mit denen die Ausländerin plauderte, vermieden, über den Krieg zu reden oder über Personen, an denen sie ein besonderes Interesse bekundete, was zum Beispiel auf den Konsul zutraf, der, da er dies wußte, jeweils wartete, bis die große, kräftige Frau mit ausholenden Schritten um die Ecke verschwand, ehe er sein Haus verließ, und sei es auch nur, um die Zeitung zu holen, die der Frisör für ihn aufhob.
Mariana genoß diesen kleinen, täglichen Schwatz bei der Kurzwarenhändlerin, wo sie etwas von der Ruhe bekam, die das Mädchen dort den Tag über ansammelte, während sie im Laden Spitzen häkelte oder Bänder, Faden und Knöpfe in Seidenpapier einwickelte.
In den letzten Monaten, seit der Veröffentlichung der einstweiligen Entlassung des Konsuls aus dem Dienst, trafen fast täglich schlechte Nachrichten ein. Den Mitglie-

dern des diplomatischen Korps war bekannt, daß er beim Regierungschef in Ungnade gefallen war. Dies führte dazu, daß bisher versteckter Neid nun offen zutage trat und die Türen alter Freunde zugeschlagen wurden.

Der Konsul hatte im Ministerium beantragt, nach Bordeaux zu fahren, weil er dort, wie er erklärte, noch einige persönliche Dinge zu regeln habe und weil er die zurückgelassene Habe dringend brauche, da es seiner Familie sogar am Allernötigsten mangle. Mariana hatte sich sehr über die nervöse Ungeduld gewundert, mit der ihr Vater auf die Abreise wartete, und über die verbissene Hoffnung, die er trotz der Gefahr des deutschen Vormarschs in dieses Unterfangen setzte.
Die Regierung verweigerte ihm und seiner Frau den für die Reise ins Ausland notwendigen Paß.
Kurz nach dieser Schikane erhielt der Konsul die Antwort auf seine Bitte, ihm die noch ausstehenden sechs Monatsgehälter auszuzahlen. In einem amtlichen Schreiben wurde ihm vom Staatssekretariat mitgeteilt, daß die Summe dieser Gehälter zurückbehalten und für die Begleichung der Reisekosten seiner Frau und Kinder, die ihn 1919 nach Brasilien begleitet hatten, verwendet würde. So erfuhr der Konsul erst zwanzig Jahre später, daß er diese Reise selbst hätte berappen müssen!
Die Zurückbehaltung seiner Gehälter löste bei ihm gleichzeitig Auflehnung und Verzweiflung aus, nicht nur, weil er in Erwartung der Summe Schulden gemacht hatte, sondern weil diese dem Anschein nach administrative Maßnahme ihm zeigte, was er in Zukunft von der Regierung zu erwarten hätte: Verfolgung und Schikanen.
Mariana wußte, daß die Antworten, die sie zu überbringen hatte, die Erwartungen ihres Vaters nie erfüllten. Deshalb

zögerte sie das Nachhausekommen hinaus, um die Wartezeit zu verlängern und ihm die Möglichkeit zu geben, seine Hoffnung auszukosten und sie allmählich zu verbrennen; wie der Baumstamm am Heiligabend auf dem Dorfplatz, den die Flammen langsam verzehren und dessen Asche so lange glüht, daß sogar der Atem eines Kindes das Feuer wieder zu entfachen vermag.

Als der Konsul Ende 1941 in der Zeitung gelesen hatte, Amerika werde zehn Millionen Soldaten gegen die Achse mobilisieren, hatte er geglaubt, daß Salazar seinen Prozeß wieder aufgreifen und ihn wieder in den diplomatischen Dienst zurückversetzen würde. Vielleicht würde man ihn sogar ehren, wenn der Krieg vorbei war. Er bräuchte nur einen einflußreichen Mann, der diskret dafür sorgen würde, daß sein Fall auf den Schreibtisch des Premierministers zu liegen käme. Er bat seine Tochter, dem brasilianischen Botschafter in Portugal, mit dem er seinerzeit, als er Konsul in Curitiba war, so manche Zigarre geraucht hatte, einen Besuch abzustatten und einen Brief zu überbringen. Kaum hatte Mariana das Haus verlassen, stellte sich der Konsul hinter die Gardinen und versuchte, seine Ungeduld zu zügeln, indem er alle Vorgänge, die sich auf den fünfundzwanzig Balkonen auf beiden Seiten der Straße abspielten, genau verfolgte. Er beobachtete, wie die Frauen, noch im Morgenrock, die Käfige mit den Kanarienvögeln und Wellensittichen ans Fenster hängten. Interessiert schaute er den Hausfrauen zu, die sehr sorgfältig, damit die Passanten nicht naß wurden, ihren privaten Gemüsegarten gossen: Salat, Tomaten, grüne Bohnen und Basilikum, die in Töpfen und Kisten gezogen wurden. Manche hielten sogar Kaninchen, wie er feststellen konnte, wenn frühmorgens die Käfige saubergemacht wurden.

Was mochte der Bevölkerung Lissabons wohl noch einfallen, um die Ration der Lebensmittelmarken aufzubessern oder auf dem Schwarzmarkt ein Zubrot zu verdienen? Vielleicht Mais und Weizen anzupflanzen?
Die Vorstellung, auf einer großen Allee unter einem goldenen Dach aus Weizenfeldern zu spazieren – eine Art *Alentejo* auf den Balkonen –, gefiel ihm ungemein.
Die Käfige wurden zugedeckt und von den Fenstern genommen. Die Kurzwarenhändlerin sperrte die Ladentür zu. Der Frisör bediente den letzten Kunden, las die Abendzeitung zu Ende und warf sie dann dem Konsul zu, der sie auf dem Balkon stehend, im Fluge auffing, da er am Ende der Straße die Gestalt Marianas zu erkennen glaubte. Diesmal konnte sie ihm keine schlechte Nachricht bringen! Nun war sie nur noch einen Häuserblock entfernt. Aus der Art und Weise, wie sie ihren Schritt verlangsamte, erriet er die Antwort auf seinen Brief. Als die Tochter das Wohnzimmer betrat, fand sie ihn in die Zeitung vertieft.
Mariana legte einen Gegenstand auf den kleinen Tisch. Dem Geruch nach waren es ihre Handschuhe. Wie lange schon hatte die Tochter kein Parfüm mehr! Es waren aber fünf neue, glatte, makellose Eintausend-Escudo-Scheine. Vater und Tochter vermieden es, sich anzusehen. Sie sprachen die Worte nicht aus, die ihnen auf der Zunge lagen: Almosen auf der einen, Demütigung auf der anderen.
Er schlug die Tür hinter sich zu und ging die Straße hinunter, bis zum Bahnübergang. Als Weltenbummler hatte er ab und zu Lust, das Vibrieren der Gleise zu spüren. Das Crescendo der herannahenden Züge beflügelte seinen Geist.
Fünf Tausenderscheine! Ein Vermögen! Ohne eine Karte, ohne einen Gruß. Er mußte begreifen, daß es unklug war, ihm einen Brief mit Unterschrift zukommen zu lassen –

ihm, der versucht hatte, die Pläne jenes Mannes zu durchkreuzen, der seine Pranke über Europa ausstreckte, um soviel wie möglich von der Welt an sich zu reißen. Er mußte verstehen, daß er ein unbequemer, ja sogar gefährlicher Freund für all diejenigen geworden war, die nach wie vor auf den verschlungenen Pfaden der Politik wandelten, von denen in diesen Zeiten des Krieges kaum jemand oder überhaupt niemand wußte, wohin sie führten.
Weshalb sollte er sich wegen dieser fünf Geldscheine gedemütigt fühlen?
Er kehrte nach Hause zurück. Steckte das Geld ein. Es kompromittierte niemanden und würde es ihm ermöglichen, einen Teil des verpfändeten Schmuckes wieder einzulösen, für Mariana neue Handschuhe und Parfüm zu kaufen, auf seinen Landbesitz zu fahren und die Rechnung für die Obst- und Getreideernte zu begleichen; den Schein vor seinem Verwalter zu wahren, der ja auch in Zukunft, wenn das Leben wieder seinen normalen Gang nähme, in seinem Dienst stehen würde. Er wollte auf keinen Fall, daß dieser Mann von den Schwierigkeiten oder von der Bedrängnis, in die er und seine Familie geraten waren, erfahren sollte.

Der Schlüssel, mit dem der Konsul die Tür des Herrenhauses öffnete, verriegelte die Erinnerung an die Schwierigkeiten, die ihn in den letzten Monaten heimgesucht hatten.
Als er die Treppe hinaufging, weckte der seidige Glanz der bunten Fahnen (aus allen Ländern, in denen er gewesen war) neue Hoffnung in ihm. An der Stelle der deutschen Flagge hatte er ein schwarzes, grobes Tuch aufgehängt. Eigentlich hatte er vorgehabt, den Davidstern einsticken zu lassen, aber die Ironie dieses Gedankens war zu schwach gewesen, um seine Angst vor den Folgen einer solchen Kühnheit zu besiegen.
Mit dem Ärmel seiner Jacke rieb er die Inschrift auf dem prächtigen Bronzegefäß blank, das ihm die portugiesische Kolonie in Oakland 1924 geschenkt hatte. Er polierte seine Selbstachtung, die in der letzten Zeit matt geworden war.
Hätten die Leute gewußt, in welcher Not der Konsul in Lissabon lebte, dann hätten sie wohl den Kopf geschüttelt ob so viel Verrücktheit: Weshalb wohnte er nicht auf seinem Landsitz, wo er wenigstens die Früchte seiner Felder genießen könnte? Aber er wußte genau, daß es nicht möglich war, mit seiner Familie im Herrenhaus zu leben. Wie hätte er denn erklären sollen, daß er keine Bediensteten einstellen wollte? Und die Armen würden wieder vor der Tür stehen, den Napf in der Hand, um das Donnerstagssüppchen zu holen. Wie würden die Leute reagieren, wenn er diese Mildtätigkeit einstellte? Und die schrägen Blicke der Männer, mit denen sie ihn und seine schon abgewetzten Kleider von oben bis unten mustern würden, den Hut zum Gruße lüftend – nein, das könnte er nicht

ertragen. Er hatte in Bordeaux ja keine Zeit gehabt, seine Sachen einzupacken.
Sobald sich seine Lage geklärt und verbessert hätte, würde er natürlich wieder Freunde empfangen – neue Freunde, wohlverstanden; und da das Zurschaustellen von Besitz der Rahmen ist, der uns in den Augen der Welt Größe verleiht, sollte alles in seinem Haus bleiben, wie es war. Er würde nach dem Krieg bestimmt nicht mehr in der Lage sein, wieder so viel Schönes und Kostbares zusammenzutragen.
Mochte er in Lissabon auch keine Bettlaken haben, Hauptsache war, daß das Familienleinen unangetastet blieb. Mochte es ihm und den Seinen an allen Ecken und Enden fehlen, er würde das Herrenhaus nicht verkaufen, das von einem Vorfahren stammte, dem der König Dom Pedro die Pairswürde und den Titel Vicomte von Midões verliehen hatte.
In jener Nacht schützten die Türvorhänge aus grünem Samt den Konsul vor Alpträumen. Er träumte von Weberinnen mit sieben Schleiern, die aus Scheinen zu zwanzig und tausend Escudos den Perserteppich webten, der auf dem Fußboden des Zimmers lag. Und im Schlafe noch, aber bereits als Beobachter seines eigenen Traumes, beschloß er, den Teppich zu verkaufen, ihn durch eine Kopie zu ersetzen; so könnte er einiges in Ordnung bringen, den Gutsverwalter bezahlen und Mariana einen neuen Hut kaufen.
Er stand früh auf, aber bevor er nach Lissabon abreiste, machte er einen Spaziergang unter den Haselsträuchern, die den Weg zur *Quinta* säumten. Tief bohrte er seine Stiefel in die leichte, mit Glimmerteilchen gesprenkelte Erde. Während vieler Jahre waren seine Sinne ganz von den Angelegenheiten der großen weiten Welt gefangen gewesen,

so daß er die winzigen Ereignisse des ländlichen Alltags gar nicht mehr wahrgenommen hatte. Jetzt aber hatte er wieder Augen und Ohren dafür: für den Schlag der Amsel, dieser frühmorgendlichen Sängerin der Lebensfreude, die ihn rechtzeitig zum Sonnenaufgang geweckt hatte; für das Zwiegespräch zwischen den Laub- und Grasfröschen, quak, quak, und das Plop, Plop der Froschmännchen, die ihre Backen aufbliesen und mit wilden Sprüngen die Weibchen verfolgten, die aus dem Tümpel auftauchten.

Auf dem Wasser des Baches, den die Dorfjungen mit Erde und Steinen gestaut hatten, um darin die Aale zu fangen, aus denen ihre Mütter die schmackhaften Spieße für den Sonntagstisch zubereiteten, schaukelten Bilder seiner Träume von Frauen; ein Strang grüner Algen, mit Büscheln winzig kleiner Blätter geschmückt, trieb an der Oberfläche und teilte sich an der Härte zweier runder, glatter Steine.

Die frischgepflügten Felder versprachen Kartoffeln, Mais und Bohnen.

Der Konsul fühlte sich noch als Besitzer all dieser Herrlichkeit; mit der frischen Morgenluft sog er eine Kraft ein, die von den Bäumen und aus der feuchten Erde kam und die er festzuhalten versuchte, um sie nach Lissabon mitzunehmen.

Der Zug hielt in Luso. Am Bahnsteig herrschte ein Gedränge von Menschen, ein Durcheinander von klappernden Absätzen. Die Frauen stemmten die Wasserkrüge zu den Waggonfenstern hoch, und ihre Busen hoben und senkten sich unter dem bunten, über der Brust gekreuzten Tuch.

Frisches Wasser! Wasser aus Luso! – Die Rufe wurden von den Dampfwolken verschluckt, die die Lokomotive hinter sich herzog, über Wald und Flur, über bebaute und mit dem Schweiß von Frauen bewässerte Felder, über ein wogendes Auf und Ab von Hüften und Brüsten, denn es war Erntezeit, wenn sich die Maisfelder der *Beira* in einen Harem verwandeln.

Der Besuch in seinem Haus, in seinem Dorf, der Spaziergang unter den Haselsträuchern und die feuchte Erde der *Quinta*, die er unter seinen Füßen gespürt hatte – all dies versöhnte ihn wieder mit der Hoffnung. Er saugte den Anblick des Pinienwaldes, der Olivenhaine und der gepflügten Äcker, ja sogar der grünen Algenflechte wie ein Stärkungsmittel in sich auf, und er verspürte wieder Lust auf die schönen Dinge des Lebens.

In der unterteilten Enge eines Stadthauses begann dieser Mann, der die ganze Welt bereist hatte, die Zeit und sein eigenes Verhältnis zu ihr inniger zu empfinden. Überall sah, hörte und roch er die Zeit. Im Brot auf dem Tisch, das einst Getreide war; im kratzenden Geräusch des Schnabels, wenn sich das Küken von der Schale befreit, die es vom Leben trennt; im fauligen Geruch der Verwesung. Er spürte sie im Wechselspiel zwischen Wärme und Kälte auf seiner Haut.
Er hatte seine Mutlosigkeit überwunden und alle Kräfte gesammelt, die ihm geblieben waren. An den verschiedensten Türen hatte er angeklopft, diskret auch bei der Presse, um einigen seiner Kinder die Ausreise zu ermöglichen und um zu erreichen, daß Francisco und Fernando, beide in Amerika geboren, in die amerikanische Armee eintreten könnten. Sollte es vielleicht der Wille Gottes sein, daß er auf diese Weise zwei seiner Söhne aus freien Stücken in den Krieg schickte? Aber er hatte aufgehört, sich derartige Fragen zu stellen. In der letzten Zeit hatte ihn vielmehr der Gedanke beschäftigt, ob es wirklich klug sei, den eigenen Willen demjenigen Gottes zu opfern.
In Lissabon überließ sich Mariana ganz ihrem unbändigen Lebenshunger. Sogar der Eintritt in die Erwerbswelt entbehrte nicht einer gewissen Faszination. Nun war sie wie viele andere auch und konnte die einfachen Dinge des Lebens genießen, ohne sie mit Luxus und Etikette zu verfälschen. Sie wollte gar nicht mehr wissen, wie viele Männer im Krieg gefallen waren, wie viele Städte die Deutschen eingenommen hatten oder wo der Feind stand. Sie wollte auch gar nicht darüber nachdenken, ob die Zeiten des Wohlstands für sie und ihre Familie jemals wieder zurückkehren würden. Sie lebte, und sie war gesund. Sollte sie

aufbegehren oder sich fügen? Sie wägte die Vorteile und die Nachteile gegeneinander ab und entschied sich für die Resignation.

Der Vater kritisierte ihre Gleichgültigkeit, wie er es nannte, denn es schien ihm, als ob seine Tochter im Leben nichts festhalten wollte. Er verstand nicht, daß Mariana die Zeit reifen ließ, daß sie sich nicht von den Dingen überraschen lassen wollte und daß sie sich genau darin von ihm unterschied. Sie war nicht wie er. Sie weigerte sich, die Ängste dieses Mannes zu teilen, der immer auf dem laufenden sein wollte, der versuchte, die Strategien des Führers zwischen den Zeilen der Kriegsnachrichten, in Sendungen der BBC und anhand der Informationen von Ausländern zu erforschen.

An der fiebrigen Unruhe seiner Gesten und Worte erkannte Mariana, wenn ihr Vater in Estoril gewesen war, wo er sich in diesem Zerrbild eines kosmopolitischen Milieus, in dem er immer verkehrt hatte, mit den Überbleibseln der europäischen Diplomatenwelt traf; mit Männern und Frauen, die, genau wie er, kein Geld und keine Zukunft mehr hatten. Viele von ihnen verbrachten die Zeit im Kasino, wo sie ihr letztes Geld verspielten, in der Hoffnung, die viertausend Dollar zu gewinnen, die man in Amerika vorweisen mußte, um die Freiheitsstatue – das Kap der Guten Hoffnung – umschiffen zu können. Derweil verkauften die Ehefrauen den Damen der Lissabonner Bourgeoisie ihre Pelzmäntel, ihren Schmuck, ihre Krokodilledertaschen und ihren Schick.

Ausgebuchte Hotels. Auf den Esplanaden schwirrte es von schlecht artikulierten Kehllauten, gerollten «r» und zu offenen «a»; von Kellnern, die den Ausländern gerade so viel Ehrerbietung entgegenbrachten, wie notwendig war, um ihnen ein Trinkgeld zu entlocken.

Einige verbrachten den ganzen Tag am Strand. Sie saßen auf Klappstühlen oder im Sand, die Augen auf den fernen Horizont gerichtet, und versuchten, das Rot und Gelb der spanischen Flagge am Deck und seitlich am Rumpf der herannahenden Schiffe zu erkennen, deren Kurs schon von weitem am Flug der Seemöwen auszumachen war. Die spanischen Schiffe waren die einzigen, die die Deutschen noch einlaufen ließen. Es waren verschlossene, blasse und kraftlose Menschen, die sich nach und nach mit dem Gedanken abfanden, die bereits teuer bezahlte Überfahrt auf einem dieser Schiffe der letzten Hoffnung, wie man sie damals in Lissabon nannte, auch noch zu verlieren.

Wenn der Konsul aus Estoril zurückkam, schleppte er viel von der Unsicherheit und Panik mit nach Hause, die im Gepäck dieser Menschen aus ganz Europa mitgereist war; vor allem, wenn er Koitch von der jugoslawischen Gesandtschaft getroffen hatte, einen Mann, der noch unter dem Schock der Bombardierung Belgrads stand. Dieser Koitch hatte ihm erzählt, daß man in den Kreisen der ausländischen Diplomaten von einem unmittelbar bevorstehenden Einmarsch der Deutschen in Portugal ausgehe; in diesem Fall würde Salazar einen bekanntermaßen deutschfreundlichen General als Gouverneur in Lissabon zurücklassen und sich selbst mit seiner Regierung auf den Azoren einrichten. Durch diesen Schachzug würde er sich die Sympathien der Großmächte nicht verscherzen. Und da es sehr viele jüdische Flüchtlinge in Portugal gebe, könne man sich sehr leicht vorstellen, wie Hitlers Truppen bei der Besetzung Lissabons die Stadt in ein zweites Warschau verwandeln würden. Da man nun dies voraussehe und befürchte, würden jetzt die ausländischen Diplomaten nach ihrer Ankunft in Lissabon so schnell wie möglich nach England evakuiert, und zwar per Flugzeug oder Was-

serflugzeug, da es nicht ratsam sei, den Golf von Biskaya zu befahren, wo man, wie gerüchteweise zu hören war, eher deutsche U-Boote als Sardinenschwärme antreffe. Allerdings sei auch die Luftfahrt nicht immer sicher, da Engländer und Deutsche in Portugal denselben Flughafen benützten und man während der Reise gewärtigen müsse, in ein Luftgefecht zu geraten. Aber Portugal erfülle seine historische Funktion als Ort der Begegnung und der Durchreise, als Hafen der Einreise und als Hafen der Ausreise in den Ozean der Freiheit und der Fülle des Glücks.
Der angespannte Zustand des Konsuls verschlimmerte sich, als er hörte, wie der Selbstmord eines ausländischen Paares – der Mann: Gesandtschaftssekretär deutscher Abstammung, die Frau: Jüdin – kommentiert und begründet wurde.
Laut offiziellem Bericht hatte Verzweiflung zu diesem zweifachen Tod geführt, da der Sekretär seine Spielschulden nicht mehr bezahlen konnte, nachdem er bereits den gesamten Schmuck der Frau verkauft hatte. Im geheimen aber wurde gemunkelt, daß ein Schock, ausgelöst durch die Schreckensnachrichten osteuropäischer Flüchtlinge über deutsche Massaker an Juden, zu dem Selbstmord geführt habe. Die Schilderung der Polen sei so entsetzlich gewesen, daß die Jüdin einfach keine Kraft mehr gehabt habe; erschöpft von der rastlosen Flucht von Dubrovnik über Italien, Frankreich und Spanien bis nach Portugal, an einen arischen Mann gekettet, der sich nicht von ihr trennen wollte, die Schreckensbilder vor Augen und im Bewußtsein, daß ihre Liebe diesen Prüfungen nicht standhielt, hatte sie ihn darum gebeten, ihr in den Tod zu helfen. Eine grenzenlose Übereinstimmung in ihrer Lebensmüdigkeit war das einzige, was ihnen an Gemeinsamkeit geblieben war.

Die Deutschfreundlichen unterdrückten soweit wie möglich diese «Verleumdungen des Siegers», wie sie es nannten; nicht einmal diejenigen Portugiesen, die an der Seite der Alliierten standen, hielten die Nazis zu derartigen Greueltaten fähig, die, wenn man den furchtsam und hinter vorgehaltener Hand weitergegebenen Informationen glauben wollte, offenbar den Beginn eines Völkermordes darstellten.

Der Konsul aber glaubte alles, was er hörte. Seit dem Einmarsch von Hitlers Truppen in Frankreich, seit den nächtlichen Angriffen auf die Ghettos und der Lektüre von Hitlers *Mein Kampf* hatte seine Angst apokalyptische Ausmaße angenommen. Er litt unter Alpträumen, in denen ihn Schwarzhemden heimsuchten, die unter dem Kommando von Leone Santore standen, dem Chef der italienischen Gesandtschaft, der damals in Lissabon war, um den Portugiesen beizubringen, wie in einem faschistischen Staat das Polizeiwesen im Dienste der inneren Sicherheit organisiert wird. Die schwarzen Hemden der Italiener verlängerten sich zu Soutanen von Inquisitoren, die ihm am Straßenrand auflauerten und ihn bis zum *Largo de S. Domingos* verfolgten. Der Druck der aufgebrachten Menschenmenge versperrte ihm jeden Fluchtweg und trieb ihn unerbittlich den Schwarzröcken entgegen, die nach Asche und verbranntem Harz rochen. Seine Proteste, er sei ein unbescholtener Beamter, wurden von einem liturgischen Chor tiefer und feierlicher Stimmen übertönt, die warnend an seine Ohren drangen. Weshalb? Um ihn darauf hinzuweisen, daß er den Versprechungen der Regierung, freie Wahlen abzuhalten, keinen Glauben schenken solle? Um ihn vor den subtilen Methoden des Verhörs von Hauptmann Silva Pais zu warnen, dem er sich in ein paar Jahren würde stellen müssen, weil er, der auf dem Gipfel seiner Karriere ein Gegner der Demokratie gewesen war, seinen eigenen Namen und denjenigen dreier seiner Kinder auf die Liste der hunderttausend Unterschriften der Bewegung der Demokratischen Einheit gesetzt hatte?

Atemnot und Schmerzen im Unterleib weckten ihn auf. Den Rest der Nacht verbrachte er sitzend im Bett. Er schaltete die Lampe ein und betrachtete lange die Familienfotos über der Kommode, den Lampenschirm aus mattem Glas mit den Eros-Darstellungen, das Glas Wasser auf dem Tablett für seinen nächtlichen Durst.

Der Anblick der vertrauten Gegenstände beruhigte ihn, und nachdem ihn die lauten Rufe der Verkäufer von Puffbohnen – dem Arbeiterfrühstück in jener Lissabonner Straße – vollends dem Alptraum entrissen hatte, schlief er wieder ein, beruhigt, daß er nicht in Polen war, nicht in einem Zug saß, der nur in eine Richtung fuhr, daß er nicht an Kohlenmonoxid erstickte und daß niemand seinen Anus brutal nach Diamanten durchsuchte.

Gleich nach dem Aufwachen schrieb er weitere Bittbriefe an Freunde, die ihm nicht geantwortet hatten. Er suchte seinen Anwalt auf, um ihn von der Dringlichkeit der Revision seines Prozeßes zu überzeugen.

In den ersten Tagen nach seinem Alptraum verließ der Konsul das Haus nur noch frühmorgens, wenn außer den Milchverkäuferinnen und den Arbeitern niemand auf der Straße war, und er kam erst spät in der Nacht wieder zurück. Er bat seine Tochter, jeden Tag einen anderen Heimweg von der Arbeit zu nehmen, nicht mit Unbekannten zu sprechen oder ihnen gar die Adresse zu geben und sich immer zu vergewissern, daß ihr niemand folge.

Er selbst schlief angekleidet, neben sich die alte Ledermappe, die seine Frau ihm noch während der Verlobungszeit zu seinem Staatsexamen geschenkt hatte.

Und wieder einmal irrte Mariana in den verschiedenen Abteilungen des Ministeriums umher, in der Hoffnung, einige Freunde ihres Vaters anzutreffen, damit die Briefe, wie ihr ans Herz gelegt worden war, gewiß in die richtigen Hände kämen. Sie hatte gelernt, sich nichts anmerken zu lassen, wenn der eine oder andere plötzlich abbog, um ihr nicht zu begegnen, oder sogar an ihr vorbeiging, ohne sie anzuschauen – wie jener Minister, der einst in ihrem Haus ein und aus gegangen war und der sie so oft gebeten hatte, Chopin zu spielen.

Dem Vater allerdings sagte Mariana, sie habe die Briefe nicht übergeben können, weil die Exzellenzen nicht in ihren Büros erschienen seien. Die Demütigungen, dieses andere Alphabet einer neuen Lebenserfahrung, behielt sie für sich.

Mariana tauchte aus den Tiefen der Vergangenheit auf und stürzte schutzlos in den Strudel einer Rede, die ihr bekannt vorkam, ohne zu wissen, woher.

«… Und wieder einmal konnte sich das portugiesische Herz, soweit es die Umstände zuließen, der Welt in seiner ganzen Fülle und Größe offenbaren – diese Größe des Herzens, die das höchste Gut der Portugiesen war und ist, vollkommene Synthese unserer heimischen Tugenden und unserer geistigen Ausstrahlung; diese Eigenschaft, die uns von alters her eigen ist: Solidarität angesichts des Unglücks …»

Nun erinnerte sie sich. Vor zwei Tagen hatte sie diese Worte in einem Heft gelesen, das sie glaubte, verloren zu haben, das ihr aber ein Cousin gleich nach ihrer Ankunft aus Amerika gebracht hatte. Vor mehr als dreißig Jahren hatte sie von ihrem Vater gesammelte Zeitungsausschnitte in dieses Heft geklebt. Es waren Lobreden auf das Regime, das ohne jegliche Scham die internationale Anerkennung für eine umfassende Gastfreundschaft entgegengenommen hatte – für eine Haltung also, die ihr Vater mit sozialer Ächtung hatte bezahlen müssen, als er sie auf dem Höhepunkt des Nazivormarschs in die Praxis umgesetzt hatte. Genau dieselben Worte wurden nun für den Konsul und dessen Tat verwendet.

«Der niederländische Gesandte hat einige bemerkenswerte Aussagen über die Gastfreundschaft veröffentlicht, die Portugal in jener Stunde des Schreckens in ganz Europa den Ausländern gewährt hat, die in unserem Land Schutz vor dem Sturm der Zeit suchten.

… Eins tritt klar zu Tage: Die vollkommene Selbstlosigkeit dieser Verhaltensweise, die unseren Staat und den einzelnen dazu geführt hat, unterschiedslos alle aufzunehmen, ohne nach Staatsangehörigkeit oder persönlichen Überzeugungen zu fragen, alle diejenigen, die von Panik oder Schicksalsschlägen getrieben an unsere Türe klopften. Dies ist der erste und wichtigste Aspekt, der uns zur Ehre gereicht.

… Derartige Beweise sind der sichtbare Ausdruck unserer starken, tief verwurzelten christlichen Zivilisation und der Tradition unserer moralischen Werte.

… Einstimmig ist also das Lob, das uns gespendet wird, nicht nur außerhalb, sondern auch innerhalb unserer Grenzen, wo solches Handeln ganz besonders schwierig war …»

Am Rande der letzten Absätze dieses Artikels, der die Überschrift *«Portugal war immer ein christliches Land»* trug, hatte der Konsul *«Heuchler»* hingeschrieben.

Nach so vielen Jahren brachten dieser Artikel und auch andere aus dem Heft, in dem sie noch vor zwei Tagen gelesen hatte, die Erinnerung Marianas in Gang; wie ein Schalter, mit dem das Gedächtnis angeknipst wird. Im Zeitlupentempo zogen die Bilder der Angst, der Hoffnung und der Beklommenheit, die ihren Vater verzehrt und die sie so oft mit ihm geteilt hatte, an ihr vorüber.

Wenn Mariana von der Arbeit in der Konservenfabrik nach Hause kam, war sie völlig erschöpft, vor allem gegen Ende des Monats, wenn sie schon kein Geld mehr für die Straßenbahn hatte. Aber sie brachte es nicht fertig, sich etwas auszuruhen oder eine Kleinigkeit zu essen, ehe sie nicht die Wohnung aufgeräumt hatte. An die tadellose Ordnung gewöhnt, für die die Hausangestellten früher gesorgt hatten, mußte sie sich nun ganz alleine darum kümmern. Eine zusätzliche Belastung, mit deren Folgen sie tagtäglich konfrontiert wurde, wenn sie in den Spiegel blickte, wenn sie ihre Röcke enger machen mußte oder wenn sie nach einem Hut suchte, der zu der Blässe ihres Gesichts paßte. Mariana nahm sich vor, sich zu schonen, aufzuhören mit dieser Ordnungs- und Putzsucht, die einer Frau, die keiner Arbeit nachging, wohl anstehen mochte, nicht aber ihr, die kaum Zeit fand, sich etwas auszuruhen. Aber sie konnte einfach nicht über all die Papiere, Zeitungen und Zeitschriften hinwegsehen, die ihr Vater überall, auf Tischen und Sofas, herumliegen ließ, nachdem er sie Zeile für Zeile gelesen und auch den einen oder anderen Artikel ausgeschnitten und mit persönlichen Anmerkungen versehen hatte. Ironische oder empörte Kommentare am Rande der deutschfreundlichen Artikel und der deutschen Propaganda, für die sich die Portugiesen bezahlen ließen, in der Zeitung *A Esfera*; aber auch Bemerkungen, die seine große Besorgnis verrieten, wie auf jenem Ausschnitt aus der *República* vom September 1940, wo er mit Bleistift geschrieben hatte: «*In Spanien ist mit der Machtübernahme der Deutschfreundlichen eine Wende eingetreten. Wird in Portugal dasselbe geschehen?*»
Mariana hatte damals beschlossen, diese Zeitungsausschnitte zu sammeln und in einer Mappe aufzubewahren.

REPÚBLICA

26. Oktober 1940

«Hitler erklärte gestern in einer Rede im Sportpalast, daß es zur Zeit keinen Gegner gebe, den Deutschland mit der ihm zur Verfügung stehenden Munition nicht besiegen könne; deshalb werde der deutsche Soldat den Krieg gewinnen.»

«Hitler hat ein Abkommen angekündigt, das noch vor Weihnachten geschlossen werden soll, eine militärische Allianz zwischen Deutschland, Italien und Japan.»

11. Oktober 1941
Offizieller Bericht aus Moskau:

«... An der Leningrader Front haben unsere Truppen die feindliche Offensive abgewehrt und in einem erfolgreichen Gegenangriff dem Feind große Verluste zugefügt. An der Front von Odessa sind unter blutigen Verlusten alle Angriffe des Feindes zurückgeschlagen worden. Das russische Hauptquartier erklärt, daß der Widerstand weitergeführt wird, auch wenn Moskau fallen sollte.»

24. Oktober 1941

«Die Stadt Bordeaux und die fünfzehn umliegenden Gemeinden haben heute, bis 18 Uhr, aufgrund des Attentats vom 21. des Monats, bei dem der deutsche Stabsoffizier in Bordeaux ermordet wurde, eine Kaution von zehn Millionen Francs zu stellen.»

12. Dezember 1941

«Amerika wird zehn Millionen Soldaten für den Kampf gegen die Achsenmächte mobil machen.»

22. April 1942
Meldung der Nachrichtenagentur Reuter, via Stockholm:
«Eine Stadt ohne Juden.»

«Die Stadt Lublin wird in Kürze die erste judenfreie Stadt Polens sein, gemäß der neuen Ordnung, die Deutschland in diesem Land zu errichten beabsichtigt.»

Laut Berichten des Korrespondenten der schwedischen Zeitung *Afton Bladet* in Berlin hatten die Deutschen die Ausweisung aller in dieser Stadt lebenden Juden verfügt.

Am 13. Juni 1942 erklärt Hitler: *«Das Reich wird dem tschechischen Volk die Zukunft geben, die es verdient.»*

Wenn man die Zeit malen wollte, müßte man ein vergilbtes, mit dem schmutzigen Weiß der Unendlichkeit durchwachsenes Gelb wählen; wie jene von schwarzen Linien durchzogenen Zeitungsausschnitte, auf denen die Geschichte eingefangen wurde.

Oktober 1941
«In Belgien hat General Falkenhausen bekanntgegeben, daß weitere Geiseln erschossen werden, falls sich die für das Attentat auf den deutschen Offizier Verantwortlichen bis Sonntag nicht der Polizei stellen.»

Juni 1942
In den Zeitungen wurde berichtet, daß nach dem Tod Heydrichs dreihundertvierzig Personen in Prag erschossen und weitere sechsundzwanzig erhängt worden seien; daß insgesamt siebenhundertsiebenundzwanzig Personen, einschließlich der von der Gestapo festgenommenen, hingerichtet worden seien.
Neben diese Meldung hatte der Konsul mit roter Tinte geschrieben: *«Wenn Hitler den Krieg gewinnt, wird er Europa in eine riesige Hinrichtungsstätte verwandeln. Längs der Stadt-*

mauern wird er die Schlachthöfe für die Erschießungen einrichten, und die Grenzen werden von Dreiergalgen gesäumt sein.»

Die Heftigkeit, mit der er die letzten Meldungen unterstrichen haben mußte – das Papier war an einigen Stellen sogar zerrissen –, war ein untrügliches Zeichen seines Zorns oder seiner Angst.

Mariana konnte sich noch sehr genau an jenen Tag erinnern, an dem der Vater ihr die verschiedenen Berichte über die Erschießungen zu lesen gegeben hatte, weil es das erste und letzte Mal gewesen war, daß er sie angeschrien hatte.

Zunächst las er die Sätze laut vor, dann murmelte er sie fast tonlos vor sich hin, und schließlich attackierte er sie mit seinem gespitzten Bleistift, während er der Tochter seine Meinung dazu sagte.

Sie spürte, daß der Zorn des Vaters jeden Moment explodieren konnte, und wich einer Diskussion aus, indem sie mit einem «Ich komm' schon» zur Mutter eilte, obwohl diese in jenem Moment ruhig war und nicht nach ihr gerufen hatte. Der Vater würde sie nicht zurückhalten, denn er wußte, daß seine Frau viel Pflege brauchte.

Mariana wusch die Mutter, kleidete sie an und gab ihr eine Brühe zu trinken, nachdem sie die Bettwäsche gewechselt hatte. Sie spürte, wie unruhig die Frau war. Hätte doch die Mutter die Klarheit des Geistes genauso verloren, wie ihr die Kontrolle über ihre Nerven und Muskeln abhanden gekommen war! Damit sie nicht mehr denken und sich nicht mehr erinnern könnte. Damit sie nicht leiden müßte. Damit sie sich vor der Tochter, die ihren Körper waschen mußte, nicht schämte; diesen Körper, der sich entleerte, über den sie jegliche Kontrolle verloren hatte, sie, die immer darauf bedacht gewesen war, ihren Intimbereich vor den Blicken der Bediensteten zu schützen.

Mariana wiegte sie leicht in den Schlaf. Sanft schaukelte der Körper in der Geborgenheit ihrer Arme. Der Konsul blickte seine Frau an und erkannte auf ihrem Gesicht den Ausdruck der jungen Verlobten, aber es wollte keine Zärtlichkeit in ihm aufkommen. Er schrie der Tochter unsinnige Befehle zu.

Er wünschte, daß Mariana sich auflehnte, sich beschwerte, ihm sagte, wie ungerecht es sei, daß sie sich in der Fabrik einem ungebildeten Chef unterzuordnen habe, daß sie in der Straßenbahn gezwungen sei, sich unter das einfache, nach Schweiß und schlechter Erziehung riechende Volk zu mischen, daß ihre Finger von der Arbeit mit Chlorid und Kalium rissig geworden seien; daß sie auch wie ihre Geschwister ihr eigenes Leben führte, weit weg von den Exkrementen der Mutter und dem nachts umherirrenden Vater, wenn ihn statt eines Alptraums die Schlaflosigkeit aus dem Bett trieb.

Im Grunde genommen wollte er, daß sie ihm sagte, sein Altruismus sei eigentlich Egoismus gewesen; daß er dadurch seine Kinder der Armut ausgesetzt habe, er, der bei der Erziehung nicht darauf geachtet habe, daß sie lernten, derartige Schwierigkeiten zu bewältigen, sondern der sie auf die schönen Dinge des Lebens vorbereitet habe, indem er sie in den verschiedensten Künsten habe unterrichten lassen.

Er wollte, daß sie die Beherrschung verlor; daß sie gestand, auch sie sei von der Angst besessen, Hitler könnte in Portugal einmarschieren und daß in diesem Fall niemand ihr oder ihren Angehörigen ein Ausreisevisum ausstellen würde. Aber sie küßte nur seine Hand, wie immer, wenn sie vor dem Schlafengehen um seinen Segen bat.

Der Vater wußte, daß er alles von dieser Tochter verlangen konnte, nur das eine nicht: Auflehnung.
Es war einer dieser Tage, an denen er ihre Passivität nicht ertragen konnte.
Er verließ das Haus und schlug die Tür hinter so viel Resignation zu.

Nehmen wir an, daß der Konsul nicht wußte, ob die Ausländerin noch in Portugal war, geschweige denn, ob sie in Lissabon lebte, und daß es nach zwei Umzügen der pure Zufall war, daß er nur knappe zehn Minuten von ihrer Straße entfernt wohnte. So könnten wir von einer zufälligen Begegnung im *Bairro Azul* erzählen und darüber berichten, wie die beiden eines regnerischen Tages Seite an Seite durch unbekannte Straßen gingen, immer bergauf, eng aneinander gedrückt, wozu sie der prosaische Umstand zwang, nur einen Regenschirm zu besitzen, mit dem sie sich vor den großen Tropfen schützten, die vom Himmel niederprasselten und die der Wind in Bindfäden mal in die eine, mal in die andere Richtung trieb; daß sie dabei Banalitäten austauschten, bis sie sich in einem langen Gespräch, das den ganzen Nachmittag dauern sollte, gegenseitig ihre Sehnsucht nach jemanden, den sie in Frankreich zurückgelassen hatten, eingestanden.

Sie gingen weiter. Ihre Hände waren feucht, ihre Schuhe naß. Ein heftiger Regenguß trieb sie unter den dunklen Torbogen einer schmalen Gasse. Ihre Hände zitterten, als sie das Wasser von den Regenmänteln schüttelten. Er half ihr, die Haare zu ordnen, ihre blonden Haare, zwischen denen die Nässe bereits einige Silberfäden durchschimmern ließ. Der Regenschirm, den er geschlossen hatte, wechselte von seiner Hand in die ihre. So berührten sie sich den Bruchteil einer Sekunde lang, ein Hauch einer Berührung, und sie hob ihre Hand mit der abwehrenden Geste eines jungen Mädchens zum Hals. Lange schaute er in ihre maliziösen Augen, betrachtete er die hohen, rot geschminkten Wangen. Und plötzlich hörte er sich, unter diesem Torbogen, die Worte aussprechen, die er gar nicht hatte sagen wollen:

«Wollen wir uns hier küssen?»
Als sie aber den Blick seiner Augen sah, den Blick jener vergangenen Liebesnächte, war es nicht die Erinnerung an die glücklichen Tage, die in ihr lebendig wurde, sondern das Gefühl der Angst, das sie in einem Keller in London erlebt hatte, als sie auf die deutschen Angriffe wartete. Als sie anhand der Explosionen zählte, wie viele Bomben schon abgeworfen waren. Damals hatte der unbändige Durst auf Leben ihre Lippen und ihre Kehle ausgetrocknet.
Das, was sie in jener von der Luftwaffe bombardierten Stadt erlebt hatte, war für sie zum absoluten Maßstab geworden. Sie würde sich keinem starken Gefühl mehr hingeben können, ohne es an dem zu messen, das sie beim Anblick der brennenden und rauchenden *Royal Albert Docks* empfunden hatte, als sie beim Verlassen des Schutzraumes von der Wucht der Gasexplosionen auf die noch heißen Trümmer geschleudert worden war.
Und jetzt, in dieser kleinen Gasse einer vom Krieg verschonten Stadt, antwortete sie dem Mann, der vor ihr stand und bereit war, sie in die Arme zu schließen, für den sie das besetzte Frankreich durchquert hatte und durch die feindlichen U-Boote im Golf von Biskaya gefahren war:
«Noch nicht.»
Sie ging in den Regen und in die Kälte hinaus und ließ ihn mit dem Wunsch nach diesem aufgeschobenen Kuß allein. Er wußte nicht, ob ihre Weigerung einer mütterlichen Strategie entsprang oder ob sie ein weiblicher Trick war, um ihn zurückzuhalten. Auf jeden Fall war er von jenem Nachmittag an besessen von dem Wunsch, sich an das Verlangen zu klammern, das ihm ihre Augen verraten hatten.

Lissabon war neutral, aber die Bevölkerung zeigte trotzdem, für wen sie Partei ergriff: mit den «V» für Victory auf Mauern und Hauswänden; mit Plakaten an Scheiben und Schaufenstern; mit Abzeichen am Revers oder im Knopfloch. Zahlreich die britischen Embleme, seltener die deutschen. Die Portugiesen waren die Claqueure, die am Ende Europas die Ereignisse des Krieges aus der Ferne verfolgten.

Deutschland wußte Punkte für sich zu verbuchen, indem es der portugiesischen Hauptstadt das Beste seiner Kultur schickte. So konnten Wagnerliebhaber, Anhänger der Alliierten und Deutschfreundliche gemeinsam *Tristan und Isolde* im Theater S. Carlos beklatschen.

In den Augen des Konsuls war Lissabon mit dieser Zurschaustellung eines lauen Friedens unerträglich geworden. Über all dies unterhielt er sich mit einem ehemaligen Mitstudenten aus Coimbra, einem Mann, der von allem Anfang an ein Gegner des Regimes gewesen war und der es deshalb nicht weiter als bis zum Provinzanwalt gebracht hatte.

«Die deutschen Truppen, die in den Pyrenäen stationiert sind; die Haltung von Franco, der bereit zu sein scheint, jederzeit in den Krieg einzutreten, was er ja schon bewiesen hat, als er die *División Azul* nach Rußland geschickt hat, um Seite an Seite mit den Deutschen zu kämpfen; die Besetzung Timors durch die Japaner und der Druck auf die Azoren – das sind doch alles Zeichen dafür, daß in diesem Kräftespiel Portugal unweigerlich in die militärischen Auseinandersetzungen hineingezogen wird. Das macht mir alles große Sorgen, und ich glaube auch nicht, daß wir den Bedrohungen um uns herum entgehen können», meinte der Konsul.

«Mein lieber Freund, ist Ihnen noch nicht klargeworden,

was hinter den antikommunistischen Konferenzen der *União Nacional* steckt? Einige Portugiesen glauben bereits an die rote Gefahr und sähen es gerne, wenn das labile Gleichgewicht unserer Neutralität zusammenbräche. Die Radikalen, die den Bolschewismus fürchten und im britischen Parlamentarismus eine kommunistenfreundliche Tendenz sehen, erhoffen sich von einem Sieg der Deutschen den weltweiten Zusammenbruch des Kommunismus. Andere wiederum sind der Ansicht, daß England im Falle eines Sieges der Alliierten unsere Opposition dabei unterstützen würde, dem Salazarismus den Gnadenstoß zu versetzen. Das ist die große Hoffnung auf eine neue Regierung. Die Bewunderer des Naziregimes gehen natürlich davon aus, daß Deutschland die Vorherrschaft übernehmen wird.»

«Als ich erfahren habe, daß sich das Zentrum des deutschen Geheimdienstes in Estoril befindet, bin ich nicht mehr dorthin gefahren. Ich will auch lieber nicht daran denken, welcher Gefahr ich mich jeweils ausgesetzt habe, weil ich Schellenberg, der mich ja kannte, hätte begegnen können. Aber in Estoril habe ich von ausländischen Diplomaten erfahren, daß sich gegen die erwartete deutsche Invasion, bei der die Deutschfreundlichen, wie man behauptet, Unterstützung leisten wollen, eine portugiesische Widerstandsbewegung gebildet hat.»

«Apropos Deutschfreundliche: Wissen Sie schon, mein lieber Freund, wer unser neuer Gesandter in Berlin ist? Es ist der Mann, der meines Wissens das erste Gutachten in Ihrem Prozeß abgegeben hat.»

Diese unerwartete Nachricht vergällte dem Konsul das Leben noch mehr. Keiner kannte seinen Prozeß besser als dieser neue Gesandte in Berlin. Er hatte die Akten sorgfältig studiert, um sein Gutachten abgeben zu können, und wußte deshalb, daß der Ungehorsam des Konsuls in Bordeaux eine klare Weigerung gewesen war, sich zum Helfershelfer der Naziverbrecher machen zu lassen. Und da der Graf der deutschen Regierung nahestand, waren die Ereignisse in Bordeaux bestimmt irgendwann bei einer offiziellen Sitzung oder bei einem Diner zur Sprache gekommen, möglicherweise sogar in der Anwesenheit Hitlers. Es kam der portugiesischen Regierung bestimmt gelegen, von Mund zu Mund und bis an die Ohren des Führers die Nachricht verbreiten zu lassen, daß nicht etwa das Regime Salazars dafür verantwortlich sei, daß ein paar Hundert Juden die Flucht über die portugiesische Grenze geglückt war, sondern ein Diplomat, dessen Ungehorsam übrigens von den Behörden sehr schnell aufgedeckt worden sei und den die Regierung sofort bestraft habe.

Der Konsul hielt es für sehr wahrscheinlich, daß die Gestapo über diese Darstellung der Ereignisse informiert war, daß sie ihn und seinen Aufenthalt kannte und auch wußte, daß er keinen Schutz genoß.

Die Schilderungen der polnischen Flüchtlinge, die das Paar in Estoril in den Selbstmord getrieben hatten, zeigten deutlich, daß Hitler, der sich für den erleuchteten Erlöser der arischen Rasse hielt, beim Thema Juden nur blinden Fanatismus kannte.

Der Konsul war sich bewußt, daß er Gefahr lief, zum Märtyrer eines Glaubens zu werden, der gar nicht der seine war.

Das Leben gestaltete sich von Tag zu Tag schwieriger. Immer mehr Lebensmittel wurden rationiert, und sein Geldbeutel war so zusammengeschrumpft, daß sogar der Schwarzmarkt unerschwinglich wurde. Er hatte keine Arbeit, und seine einzige Zerstreuung waren die Besuche im *Bairro Azul*. Seine Zukunft, das wußte er, hing von den

Ereignissen des Krieges ab. Er hoffte noch immer, seine diplomatische Laufbahn wiederaufnehmen zu können. Falls die Alliierten siegten.

Der Gutsverwalter hatte ihm geschrieben, um ihn an die laufenden Ausgaben zu erinnern und um ihm mitzuteilen, daß der Kopf der Christusstatue kaputtgeschlagen worden sei. Der Konsul glaubte nicht, daß jemand aus dem Dorf eine derartige Respektlosigkeit begangen haben konnte. Vielmehr sah er in diesem Akt des Vandalismus eine Warnung, die an ihn selbst gerichtet war.

Seit zwei Nächten litt er unter Schlaflosigkeit, ruhelos wie eine Maus, die ihr Nest im Tierheim gebaut hat. Weder Musik noch Lektüre vermochten seine Unruhe zu besänftigen. Nur noch selten verließ er das Haus. Die Angst, geschürt von den wildesten Gerüchten, die in der Stadt umgingen, ließ ihn jedesmal zusammenzucken, wenn er einer Person zum zweiten Mal begegnete. Er konnte es nicht mehr ertragen, wenn seinem Schatten ein zweiter folgte.

Als Kind hatte er weder mit Murmeln noch mit Kreiseln gespielt. Er hatte einen anderen, unerschöpflichen Schatz entdeckt: die Worte. Aber im Unterschied zu den gewöhnlichen Spielsachen konnte er sie weder manipulieren noch liebkosen oder wegwerfen. So begann er, mit dem Taschenmesser Worte aus den Rindenstücken auszuschneiden, die sich von den Eukalyptusbäumen schälten und sich wie Schlangenhaut am Boden zusammenrollten. Er formte sie aus den abgeschnittenen Trieben der Olivenbäume und ritzte sie in Steine. Später dann, als er richtig lesen konnte, lernte er die gewaltige Macht der Worte kennen, die den Samen für Generationen von Vokabeln legt, eine Saat, die im Denken der Menschen aufgeht und ihrerseits einen unversieglichen Strom von Gedanken erzeugt.

Und am Ende hatte er alles aufs Spiel gesetzt; Familie,

Zukunft, vielleicht sogar das Leben, weil er mit einem knappen Dutzend Worte gespielt und damit sein eigenes Schicksal bestimmt hatte.

Es war der zweite Juni, den der Konsul seit seiner Rückkehr aus Bordeaux in Portugal verbrachte. Die Ruhe in den Straßen wurde ab und zu von plötzlichen Windstößen gestört, die Staub und Abfall um seine Schuhe und Beine aufwirbelten.

Schon lange nicht mehr hatte er die derben Späße und den starken, salzigen Geruch in den Straßenbahnen erlebt, die quietschend und funkensprühend kreuz und quer durch Lissabon fuhren. Ein Geruch nach gepökeltem Fisch und fauligen Blumen entströmte den unruhigen, auf der Plattform zusammengepferchten Körpern. Die Männer pressten sich an die Frauen und rieben sich an den Unerfahrenen, die noch nicht gelernt hatten, sich vorzusehen und die Zudringlinge mit einer Nadel, die sich durch den Stoff der Hose bohrt, abzuwehren.

Lissabon war eine heiße Stadt. Er haßte diese klebrige Hitze, die sich wie ein feuchter Schal um den Hals legte, sein weißes Hemd fleckig machte und die Kragenspitzen krümmte. Sie war ihm lästig. Sie ließ seine Handgelenke und seine Schläfen anschwellen. Sie summte in seinen Ohren und entlud sich in einem stechenden Schmerz im Hinterkopf.

Er fühlte sich müde und abgespannt.

An jenem Sonntag weckte ihn der Lärm von dröhnenden Alarmglocken, von heulenden Sirenen, von knatternden Maschinengewehren und Explosionen, von schreienden Frauen und weinenden Kindern.

Hatte er es doch gewußt! Auch Lissabon wurde nun von den Deutschen bombardiert, wie die Ängstlichen voraus-

gesagt hatten. Sein erster Gedanke in diesem schrecklichen Moment galt Helga, der Spionin. Gewiß stand sein Name ganz oben auf ihrer Liste. Er sah sich schon im Gefängnis, wie er zu den Juden, denen er zur Flucht verholfen hatte, verhört wurde, wie er gefoltert wurde. Wie sollte er sich denn an die Namen erinnern! Woher sollte er wissen, wo sie hingegangen waren! Man würde ihn erschießen.
Er rannte ins Wohnzimmer. Riß die Fenster auf. Die Beine versagten ihm den Dienst, und er ließ sich auf dem Balkon auf die Knie fallen und wartete darauf, daß ihn eine Bombe oder eine Granate gegen das Geländer schleudern und zerfetzen würde.
Alle Glocken Lissabons läuteten. Sogar diejenigen der Basilika, wie er zu erkennen glaubte. War denn die Begeisterung der Portugiesen für die Deutschen so groß, daß man die Kapitulation mit Glockengeläute feierte?
Vom angrenzenden Balkon schrie ihm der Nachbar zu: «Haben Sie denn nicht gehört, wie ich an die Wand geklopft habe, damit Sie das Fenster zumachen? Haben Sie denn nicht im Radio gehört, daß heute Luftschutzübungen stattfinden und daß die Bevölkerung aufgefordert wurde, die Fenster zu schließen und sich auf den Boden zu legen? Und wenn das jetzt ernst gewesen wäre, was?»
Der Alarm war um 15 Uhr 15 zu Ende. Der Lissabonner Sonntag nahm in jenem Viertel seinen üblichen Verlauf, bis zur Stunde der Verdunkelung. Auch die Gauklerfamilie war wieder da, mit ihren bauschigen Kostümen aus buntem Satin, die auf dem Bürgersteig wie große, offene Blüten aussahen.
Vater und Kinder schlugen die Trommel und schüttelten die Tamburine, um Passanten und die Leute auf den Balkonen anzulocken.
Eine Frau legte einen Flickenteppich auf den Bürgersteig.

Die kreisenden Bewegungen ihrer nackten Arme, das Klappern der Kastagnetten und ihr wiegender Körper gaben den Takt an, zu dem eine kleine, schwarze, triefäugige, als Spanierin verkleidete Hündin tanzte. Sie richtete sich auf den Hinterbeinen auf und versuchte, mit zuckenden Bewegungen und Verrenkungen, bei denen man ihre Knochen auf und ab hüpfen sah, das Gleichgewicht zu halten.

Eine kleine Kontorsionistin steckte den Kopf durch den Rahmen ihrer rotbestrumpften Beine; ein Junge warf weiße Teller in die Luft, fing sie mit einem Stab auf und ließ sie auf der Spitze kreisen.

Der Mann, dessen kräftige Schultern sich unter dem gelben Satinhemd abzeichneten, schwenkte in jeder Hand ein Bündel brennender Fackeln. Dann riß er den Mund auf, warf den Kopf nach hinten und steckte eine Fackel nach der anderen in seinen Rachen, um sie hinterher feuerspeiend wieder herauszuziehen. Er zeigte sie dem «hochverehrten Publikum», wobei er dicht vor den Augen der Kinder um seine eigene Achse wirbelte. Tief prägte sich diese Erscheinung aus dem Wunderland in das Gedächtnis der Kleinen ein, ein Bild, das sich in den kommenden Nächten in den kindlichen Träumen mit anderen Bildern vermischen würde: mit fauchenden Tigern, mit Riesenschlangen, länger als die vor dem Bäckerladen, mit einem Elefanten, der die Glocke läuten konnte – mit all den Phantasien, die sie vom Besuch im zoologischen Garten mitgenommen hatten.

Nun stand die Tochter des Gauklerpaares aufrecht auf den Knien ihres Vaters und zog sich an dessen Körper hoch, bis sie die Mutter erreichte, die sie packte und mit den Füßen fest auf die Schultern des Bruders stellte. Sie schlug eine Trommel, die sie um den Hals trug, während der Benjamin der Truppe sich an dem schweißnassen Satin von Vater, Mutter, Bruder und Schwester festhielt und bis zur Spitze der menschlichen Pyramide kletterte. Ungeschickt, da sie die Rüschen des Kostüms behinderten, sprang die kleine Hündin derweil gegen die Beine ihres Herrn, als wollte sie die Menschensäule zum Kippen bringen.

Das war der Höhepunkt. Die Kinder klatschten in die Hände. Aus den Fenstern flogen in Papier gewickelte Münzen, die der Junge flink einsammelte und in den Teller warf, mit dem die Schwester unter den Zuschauern herumging.

Die Münze des Konsuls fing der Feuerschlucker auf, der sich dafür mit einer kleinen Verbeugung bedankte. Die Art dieser Geste veranlaßte den Konsul zu der Annahme, daß die Gaukler Ausländer waren. Vielleicht angesehene Leute in ihrem Land, die durch den Krieg gezwungen waren, alle Mittel zu ergreifen, um überleben zu können. Und er, von der Gesellschaft geächtet, seines Amtes enthoben und ohne die Möglichkeit, einer anderen Arbeit nachzugehen, würde dies eines Tages auch tun müssen.

Die Gäste auf dem Balkon, alles Leute, die das lange Stehen nicht gewohnt waren, verrieten mit ihren Bewegungen, daß sie das Ende der Reden herbeisehnten.

«Die Geschichte des Kampfes für Freiheit und Würde ist mit dem Leben von Millionen von Menschen geschrieben worden, aber auch mit Gesten der Solidarität, wie uns das Beispiel des Mannes beweist, den wir heute ehren, ein Mann, der aus Liebe zum Ideal der Brüderlichkeit handelte...»

Zé do Vau verstand diese Sprache nicht. Er glaubte nicht an abstrakte Konzepte und erklärte Mangas, daß der Hebel, der die Welt in Bewegung versetze, der eigene Vorteil sei; erst wenn dieser Hebel kaputtgehe, gebe man ihm den Namen von Dingen, die keiner sehen könne.
«Ohne Arbeit und ohne Geld bleibt uns grade mal die Freiheit zu hungern. Und es gibt keine Würde, die den Bauch füllt oder den Körper wärmt.»
«Vielleicht hätten auch Sie diese Papiere unterschrieben, wenn Sie an seiner Stelle gewesen wären. Denken Sie nur an die vielen Menschen aus aller Herren Länder, auch wichtige Leute, die ihr Leben in seine Hände legten, wie man behauptet. In diesem ganzen Durcheinander hat der Mann die Höhe des Sprungs, zu dem er ansetzte, wohl unterschätzt.»
«Von den Kindern hat man die ganze Zeit über nie etwas gehört. Eins ist keins, sagt man, aber er hatte ja so viele, und...»
«Eine der Töchter hat hier geheiratet. Ich glaube, es war Matildinha, die älteste. Erinnern Sie sich an den Hochzeitszug?»

«Ja, das war noch in den Jahren der fetten Kühe. Ich habe geholfen, den roten Samtteppich auszurollen, vom Haus bis zur Kirche, unter den blühenden Haselsträuchern. Es kamen viele Neugierige, und die Jüngsten kletterten auf die Olivenbäume, um die Damen in ihren langen Kleidern und Schleppen besser sehen zu können und jene Herren mit den hochgeknöpften, mit Gold- und Silberfäden bestickten Jacketts, mit ihren Federhüten auf dem Kopf und dem Degen an der Seite; manche hatten auch die Brust voller Medaillen. Diejenigen, die von den Bäumen herunter zuschauten, sagten, es habe wie ein Karnevalszug ausgesehen.»
«Aber es war ein schönes Bild. Die Brüder der Braut standen längs des schattigen Weges unter den blühenden Bäumen und bildeten ein Spalier für das Brautpaar. Dabei spielten sie ein Ave Maria, so schön wie in der Kirche.»
«Der Konsul hat seine Kinder in eine Goldwiege gebettet, im Vertrauen auf ein Vermögen, das er für unbegrenzt hielt. Nie hat er es für nötig befunden, an den nächsten Tag zu denken. Und letztendlich mußten sie doch alle ins Ausland, um dort ihr Glück zu suchen.»
«Und das war bestimmt nicht einfach. Von der Armut zum Reichtum, das hat noch keinem geschadet, aber umgekehrt, das tut weh, da jammern unsere Knochen und unser Kreuz.»

Die Familie war auseinandergebrochen, jedes Mitglied seines Weges gegangen. Immer, wenn eins seiner Kinder wegging, verlor der Konsul ein Stück seiner Willenskraft. Er verfiel in eine Art Schläfrigkeit, in einen Zustand der Trägheit, um sich vor den Ereignissen abzuschirmen. Mariana war als letzte fortgegangen; er hatte allerdings erst zornig werden müssen, um sie dazu zu bewegen, das Land zu verlassen und nach Amerika zu ihren Geschwistern zu gehen, die sich dort ein neues Leben aufgebaut hatten.

Er hatte viele glückliche Momente mit dieser Tochter erlebt, die ihn immer, auch wenn er nur vom *Bairro Azul* zurückkam, mit einer Geste begrüßte, die bei den jüngeren Generationen aus der Mode gekommen war: «Geben Sie mir Ihren Segen, Vater!» Aber es war das Bild Marianas während der traurigen letzten Tage seiner Frau, das ihm am klarsten in Erinnerung geblieben war.

Ihre Pianistinnenhände glitten über den Körper der Mutter, die im Sterben lag. Sie massierte die eiskalten, gefühllosen Füße; sie befeuchtete die ausgetrockneten, spröden Lippen mit ihren Fingern, die sie in frisches Wasser getaucht hatte. Dabei erzählte sie ihr leise murmelnd Geschichten aus den glücklichen Zeiten und Neuigkeiten von den Geschwistern im Ausland.

Schon seit langem lebte seine Frau in einer Art zeitlosem Koma, hinter einem Paravent, der sie vom Leben trennte. Ihr Reich war das Haus gewesen. Mit den Gemeinheiten der Welt kaum vertraut, hatte sie nie gelernt, die dornigen Knoten der weltlichen Konflikte zu lösen oder das Gift der politischen Intrigen zu schlucken. Ihr Geist war schwach geworden, und ihr Körper, ungleich dem ihres Mannes, hatte den Widerstand aufgegeben. Sie hatte keine Kraft mehr, auf die Rückkehr der glücklichen Tage zu hoffen.

Er wünschte, daß alles anders werden sollte. Dafür kämpfte er, indem er sich selbst veränderte. Er hatte sich an alles gewöhnt. Sogar an die Mahlzeiten aus der einfachen Küche der Juden. Aufgewärmtes Essen, das eine ehemalige Dienstmagd freundlicherweise in der *Rua da Escola Politécnica* holte und ihm in ihrem Einkaufskorb nach Hause brachte. Ein Weg von vierzig Minuten. An den katholischen Fasttagen waren sie immer so aufmerksam, ihm Eier zu schicken. Sonst war es meistens Schmorfleisch, ein Gericht, das er schon immer gehaßt hatte und das er nun hinunterschluckte, indem er seinem Magen jeden Bissen mit einer ironischen Bemerkung ankündigte: Geflügelconsommé, Fisch an Tartarsauce, gebackene Hammelzunge, mit Madeira flambiert...

Ohne Kontakt zu diplomatischen Kreisen, zu den Sälen und Korridoren, wo man normalerweise genauere Informationen bekommen konnte, war der Konsul nun auf die Nachrichten der BBC und auf Zeitungen angewiesen, um seine Mutmaßungen über den Verlauf des Krieges und dessen Herannahen anzustellen. Die Reaktion der portugiesischen Politiker auf den deutsch-sowjetischen Krieg bereitete ihm zunehmend Sorgen. Die Regierung entsandte Truppen in die Kolonien, veranstaltete mit über sechzigtausend Mann, wie behauptet wurde, Militärmanöver in Pegões und ergriff Maßnahmen zum Schutz der Zivilbevölkerung. Er machte sich auch Sorgen über die Bombardierung von Macau durch die Amerikaner, die von den Verantwortlichen als bedauerlicher Irrtum bezeichnet wurde.

Seine Ängste und Sorgen brachten sein Blut derart in Wallung, daß es eines Tages in den Teller spritzte. So hatte auch die Natur beschlossen, ihn zur Untätigkeit zu zwingen.

So klein waren die kleinen Dinge, die sein Leben ausmachten, daß sie an ihm vorüberzogen, ohne daß er sie wahrnahm. Was scherten ihn Kalender und Uhren? Gefangen unter einer winzig kleinen Glasglocke, in der er sein Leben durchquerte – was kümmerte es ihn da, wie lange diese Reise dauerte?

Aber er vermißte seine Kinder. Ganz besonders litt er darunter, daß er nicht wußte, welches Schicksal Fernando und

Francisco ereilt haben mochte, die beide in der amerikanischen Armee kämpften und von denen er schon lange keine Nachricht mehr hatte. Er konnte nicht ahnen, daß an dem Tag, an dem er den letzten, noch in Amerika abgestempelten Brief von Francisco erhalten hatte, sein Sohn bereits in Europa war und in den Ardennen kämpfte.

Francisco fühlte sich gehetzter als ein Rebhuhn zur Jagdzeit. Und er hatte keine Flügel, um zu fliehen, und keine Kraft, um im Schnee vor einer Granate wegzulaufen, die ihm die Brust oder den Kopf durchlöchern, einen Arm oder ein Bein wegreißen würde.

Er marschierte im Takt der Angst vor den Panzerdivisionen, bemüht, mit der Jeepkolonne Schritt zu halten und die Kameraden zu vergessen, die er bei der Fahnenflucht überrascht hatte. Wenigstens hatten sie das Abzeichen des brüllenden Löwen von den Ärmeln ihrer Uniformjacken gerissen, so daß niemand die Schande solcher Feigheit identifizieren konnte.

Blech und Motoren kennen keine Müdigkeit; sie kommen unerschütterlich voran, unbelastet von bösen Erinnerungen, die den besiegten Soldaten quälen; sie haben keine Augen, die ihnen vor Tränen und Erschöpfung zufallen. Die Entfernung zwischen den Jeeps und Francisco wurde immer größer. Er beneidete zwar seine Kameraden, die fahren und ihre müden Beine ausruhen konnten, aber er ging lieber zu Fuß, im Rhythmus seines Körpers, damit ihn nichts von Geräuschen oder Vorahnungen ablenkte, die es ihm ermöglichen würden, sich blitzschnell vor dem Feind in einem Schlupfwinkel zu verstecken. So blieb er unverletzt, als ein Granatsplitter einen Benzintank durchbohrte und Teile von menschlichen Körpern und Autos in einem gewaltigen Feuerwerk durch die Luft geschleudert wurden.

Die Explosion war so heftig, daß Francisco sich in seinem Versteck zusammenkauerte und ganz klein machte, von Entsetzen geschüttelt und mit weit aufgerissenen Augen, vor Verwunderung, daß er noch lebte. Er verharrte in dieser Stellung, wie ein Kind beim Versteckspiel, und betastete seinen Schrecken. Grenzenlos war seine Angst. Angst, noch am Leben zu sein. Angst davor, Angst zu haben. Angst, auch noch den Rest der Kompanie zu verlieren, nachdem schon so viele tot oder geflohen waren. Angst davor, einzuschlafen und zu erfrieren, so, wie er war, in der Stellung eines Menschen, der sich vor dem Leben versteckt. Angst davor, unter dem Schnee begraben zu werden, wie eine Knolle im Boden, bis der Frühling ihn bloßlegen würde, eine letzte Hinterlassenschaft des Krieges.

Durch das Stundenglas seiner Erinnerungen rieselte der Sand der glücklichen Tage. Wie oft hatte er mit dem Vater zusammen die Ardennen überquert und genau dieses Stück zwischen Moschau und St-Vitz zurückgelegt! Aber keine Karte der Welt könnte die Kilometer so wiedergeben, wie er sie heute empfand. In seiner neuen Vorstellung von Raum und Distanz war diese Strecke länger als alle anderen zuvor, die er im Verlaufe des Zigeunerlebens einer Diplomatenfamilie zurückgelegt hatte. Von der Bay of San Francisco, wo er geboren war, nach Porto Alegre; von Portugal nach Vigo, Antwerpen, Bordeaux; und immer wieder die Reisen in die Heimat, damit die Sippe im Boden der Pinienwälder und Maisfelder Wurzeln schlagen konnte. Damit ihre Sinne den Geruch das Harzes und das Quaken der Frösche, den Klang der Blechblasinstrumente der Philharmonie und das Konzert der Glocken aufsaugen konnten.

Francisco trank etwas Schnee. Er schmeckte wie die Kakipflaumen der *Quinta Grande*, die der Stock des Großvaters vor den Lausbuben des Dorfes verteidigen mußte, da in den elterlichen Obstgärten diese begehrten Früchte nicht wuchsen. Wenn Francisco als Kind seine Ferien auf dem Gut verbrachte, war er der Oberpflücker, und die Kinder

stopften sich mit Kakipflaumen voll, bis sie Durchfall hatten. Noch süßer als die saftigen Früchte schmeckte allerdings der Ungehorsam gegenüber Senhor Manelinho!
Wenn die Ferien zu Ende waren, fuhr der Studebaker des Konsuls ein weiteres Mal über die Grenze. Aus dem nebligen Belgien reisten sie nach Bordeaux, dem Krieg entgegen. Sein Vater hatte geglaubt, diesem Krieg entgehen zu können, aber er wurde hineingezogen, ohne auch nur einen einzigen Schuß abzugeben. Nur mit Federhalter und Stempel bewaffnet, hatte er den antisemitischen Plänen Hitlers mehr Schaden zugefügt als er, Francisco, und seine ganze Kompanie mit Panzern und Maschinengewehren. Es war eine lange Geschichte, deren Ende wohl zur Zeit in Lissabon geschrieben wurde. Ob er diese Stadt jemals wiedersehen würde, die für ihn nur Ankunft und Abreise bedeutet hatte? Er hielt es für wahrscheinlich, da ihn sein Schicksal im Kreis herumführte und er immer wieder an denselben Orten vorbeikam. Als die Familie Bordeaux verlassen mußte, hatte er geglaubt, daß der Krieg nun hinter ihm läge. Doch jetzt war er in den Ardennen, der deutschen Artillerie – oder, besser gesagt, den Bomben der Deutschen – näher als je zuvor. Das hatte er der Strategie der amerikanischen Armee zu verdanken! Gleich nach seiner Ankunft in San Francisco, seiner Geburtsstadt, war er in die Armee eingetreten, nachdem alle bürokratischen Schikanen, die sich Salazars Minister hatten einfallen lassen, überwunden waren. Da sein Vater befürchtet hatte, die Familie könnte von Hitler verfolgt werden – von dieser Angst war er besessen, seit sie Bordeaux verlassen hatten –, hatte er die wenigen Beziehungen spielen lassen, über die er noch verfügte, um ihn und seinen Bruder, beide in San Francisco geboren und somit im Besitz der amerikanischen Staatsbürgerschaft, ins sichere Amerika zu schicken.

Ihm wurde schwindlig. Alles drehte sich vor seinen Augen. Er hockte nicht mehr zusammengeduckt auf dem Boden. Er merkte, wie er den Haselsträuchern zulächelte, die den Weg von der Haustür bis zum Kirchenportal wie mit einem Baldachin überspannten und im Klang der Glocken zitterten, die zur Sonntagsmesse läuteten.

Warm durchströmte die Erinnerung an die Mulattinnen von Porto Alegre seinen Körper.

Er hüllte sich in die erwartungsvolle Zärtlichkeit, mit der er sich als kleiner Junge an seinen Vater gedrückt hatte, als sie die Novizin zu einem Arzt in Vigo brachten. Noch heute konnte er die Angst, sie zu berühren, körperlich fühlen. Die Leute sagten, es sei das Hirtenmädchen Lúcia, dem die Heilige Muttergottes von *Fátima* erschienen war. Und er, der noch ein Kind war, glaubte fest daran, daß es Menschen gab, die zwischen Gott und dem Schicksal der Sterblichen vermittelten; deshalb hatte er die Novizin vertrauensvoll darum gebeten, seine kleine Schwester zu retten, die in ihrer Wiege dahinwelkte und, wie man im Haus hinter vorgehaltener Hand sagte, bald sterben würde.

Filomena war nicht gestorben. Sie blieb aber immer ein kränkliches, sensibles Kind. Er war ihr Musiklehrer gewesen. Noch heute spürte er, eingebettet zwischen Schulter und Kinn, die wortlose Harmonie zwischen seinem Bogen und den Fingern seiner Schwester, die über die Tasten glitten.

Die Erinnerungen rissen Francisco aus seiner Niedergeschlagenheit und befreiten ihn von der Angst. Mit einem Sprung stand er auf der Straße. Der Krieg war noch nicht zu Ende.

Er schloß sich einer Gruppe anderer Verirrter seiner Kompanie an, die das Donnern der deutschen Panzer in Richtung St-Vitz trieb. Sie würden die Straße nehmen müssen,

da sie in den verschneiten Ardennenwäldern kaum vorwärts kamen. Dadurch waren sie den deutschen Angriffen schutzlos ausgesetzt, weshalb sie Augen und Ohren, all ihre Sinne einsetzen mußten, um rechtzeitig Flugzeuge, Panzer oder Infanterie auszumachen.
In St-Vitz stießen sie auf andere Kompanien. Der Trost, nicht mehr allein zu sein, half ihnen über Hunger, Kälte und die Angst vor Angriffen hinweg. Francisco fühlte sich in Sicherheit, aber er wäre beinahe von einem Wachtposten getötet worden, weil ihm der Name des dritten Ehemannes der Schauspielerin Betty Grable nicht eingefallen war. Er lachte, bis ihm die Tränen herunterliefen, während er sich ausmalte, wie man den Bericht über seinen Tod im Kampf wohl hätte drehen und wenden müssen, um ihn plausibel darzustellen.
Zu der Schreckensvorstellung, auf den Feind zu stoßen, gesellte sich nun auch die kleine Angst, die Einzelheiten des amerikanischen Alltags nicht richtig wiedergeben zu können: die Namen der Hauptstädte der verschiedenen Bundesstaaten, die Anzahl Punkte, die die Baseball-Stars im letzten Meisterschaftsspiel erzielt hatten. Denn das waren die täglich wechselnden Losungsworte in jener Tragikkomödie, in die Oberst Skorzeny die Schlacht in den Ardennen verwandelt hatte, indem er deutsche Soldaten dazu ausbildete, eine nordamerikanische Einheit auf dem Rückzug vorzutäuschen. Die Uniform dieser Soldaten war perfekt, genau wie alle anderen Requisiten der Inszenierung: Jeeps und Sherman-Panzer; amerikanische Zigaretten, nach amerikanischer Art geraucht. Es kursierte das Gerücht, daß einige dieser *Boches* sich in St-Vitz als Spione eingeschleust hätten. Man mußte äußerst vorsichtig sein.
So sah das Theaterstück aus, in dem man wirklich sterben konnte, als Franciscos Kompanie den Befehl erhielt, die in

Not geratenen amerikanischen Truppen in Bastogne zu unterstützen. Nach einigen beschwerlichen Tagesmärschen durch die Wälder, wo sie immer wieder im Schnee versanken und sich nicht tarnen konnten, gelangten sie unter großen Verlusten in Sichtweite der Stadt. Aber in die Stadt hinein konnten sie nicht.

Sie würden in den notdürftig ausgehobenen Schützengräben rund um Bastogne hocken und an Hunger und Kälte sterben, umzingelt von General von Lutwitz und dessen gefürchteter Truppe, die im Auftrag der Wehrmacht den Weg nach Antwerpen frei machen sollte.

Es waren Träume, die Francisco, der jedes Zeitgefühl verloren hatte, das nahende Weihnachtsfest ankündigten. Er sah seine Großmutter, die sich in der Küche zu schaffen machte. Auf dem Tisch glänzten die Kupfergefäße und die großen Emailschüsseln, in denen die Dienstmägde, die Arme bis zu den Ellenbogen im Mehl, den Teig für die Weihnachtskrapfen klopften, zogen und drehten. Ab und zu baten sie die Kinder, ihnen den Schweiß abzuwischen oder die Weinflasche zu reichen.

Er hatte den Geschmack von Zimt, getrockneten Früchten, Armen Rittern und *Jeropiga* im Mund.

Während Francisco vom Weihnachtsessen träumte, das es nicht geben würde, dachte er über die Zufälle im Leben nach, die dazu geführt hatten, daß er Europa bei Ausbruch des Krieges hatte verlassen können, daß er zum gefährlichsten Zeitpunkt hatte zurückkehren müssen, daß es ihm gelungen war, quer durch die Ardennen an den feindlichen Divisionen vorbeizukommen, und daß er nun hier, zusammengekauert in seinem Loch, an Hunger und Kälte sterben sollte. Der Tod als Weihnachtsgeschenk. Er philosophierte vor sich hin und rief sich Sokrates' Worte ins Gedächtnis, daß Philosophieren Sterben lernen bedeute.

Sterben! Er, der unverletzt geblieben war – bis auf die Angst, die ihm im Nacken saß, bis auf den Haß, der seine Seele zerfraß, bis auf jene Gleichgültigkeit gegenüber dem Nächsten, zu der ihn die Deutschen zwangen, die sich mit weißen Uniformen im Schnee tarnten und Minen neben Verletzte und Tote legten, so daß Brüderlichkeit zur tödlichen Falle werden konnte. Die Angst vor einer Explosion, die seinen Körper zerfetzen würde, war stärker als die Pflicht der Barmherzigkeit, einen Waffengefährten nicht im Stich zu lassen.
Hunger und Kälte lähmten ihn. Der Haß schüttelte ihn. Aber er war am Leben.
Er tastete mit seiner eiskalten Hand nach einem kleinen, quadratischen, mit Kreuzstich zugenähten Beutel aus Flanell auf seiner Brust. Er befühlte ihn. Ein Stück Stoff von einem Taufkleid. Er enthielt ein Geheimnis, das ihm die Amme seiner Mutter zum Abschied gegeben hatte. Während sie dieses Stückchen Armeleutestoff, das im Taufbecken gesegnet worden war, an seinem Unterhemd befestigte, sagte sie zwischen zwei Gebeten: «Gott unser Herr wird Sie zurückbringen.»
Vielleicht. Vielleicht in einem Kiefernsarg. Vielleicht überhaupt nicht. Man hatte damals in Viseu einen Teil des Silberbestecks verkaufen müssen, damit er und sein Bruder ordentlich gekleidet nach Amerika reisen konnten. Es war also nicht anzunehmen, daß sein Vater noch genügend Geld hatte, um seinen Leichnam in die Familiengruft überführen zu lassen, wie er dies in den Jahren des Wohlstands gemacht hatte, als eine Magd in Antwerpen gestorben war.
Seinen vor Kälte steifen Fingern gelang es nicht, die dünnen Fäden des Beutels aufzutrennen. Höchstens mit den Zähnen. Aber nein, so nicht. Francisco wollte das Geheimnis lüften, nicht zerstören.

Sein Bruder Fernando, der ebenfalls in Amerika geboren und am selben Tag und zur selben Stunde in die Armee eingetreten war, hatte den gleichen Beutel bekommen. Was wohl aus ihm geworden war? Er mußte irgendwo sein, vielleicht im Kampf; vielleicht war seine Kompanie auch schon in Paris, um die Befreiung der Stadt zu feiern – wenn diese Nachricht, die sie erst vor kurzem bekommen hatten, überhaupt der Wahrheit entsprach. Es konnte ja auch ein Gerücht sein, das die Deutschen in Umlauf gesetzt hatten, damit der Feind in seiner Abwehr nachließ.
Vielleicht würden sie beide lebend nach Hause kommen. Nur zu gerne wollte er an den Satz glauben, den sein Vater ihm in jedem Brief schrieb: Daß sie eines Tages wieder alle vereint in Frieden und Wohlstand leben würden.
Schon lange war er ohne Nachricht von seinem Vater. Als er ihn zum letzten Mal gesehen hatte, war er noch voller Hoffnung gewesen, voller Tatkraft, wie früher, und hatte Briefe an einflußreiche Männer des Regimes geschrieben. Ob es wohl etwas Neues gab? Vielleicht eine Antwort auf den Einspruch gegen die Entscheidung Salazars, die den Konsul gezwungen hatte, sich aus dem öffentlichen Leben zurückzuziehen, und die ihn der Schande, ja sogar der Armut preisgegeben hatte? Diese Fragen wärmten Francisco nicht und machten ihn auch nicht satt, aber sie lenkten ihn von dem Chaos ab, das um Bastogne herum herrschte.
Aus Reims kam Verstärkung per Flugzeug. Aber es gab keine Gelegenheit, die Neuankömmlinge hochleben zu lassen, da die Deutschen mit der 15. Panzergrenadier-Division und Infanterie um drei Uhr morgens in Bastogne einmarschierten, nachdem sie den Widerstand im Nordwesten der Stadt zerschlagen hatten. Durch diese Bresche konnten auch Francisco und andere Kameraden vorrücken, um an der Seite der Verstärkungstruppen zu kämp-

fen. Es fehlte an Munition und Lebensmitteln. Viele amerikanische Soldaten wurden von den Maschinengewehren niedergemäht. Die anderen kämpften mit der Verzweiflung der Besiegten und taten, als ob sie nicht wüßten, daß es Weihnachten war. Es würde kein Festessen am Heiligen Abend und auch keine Mitternachtsmesse geben; nur die Kameradschaft im Schützengraben. Aber es begab sich auch ohne Krippe zu jener Zeit, Weihnachten 1944, daß die Brüder Francisco, Überlebender der 106. Division, und Fernando, Soldat der amerikanischen Verstärkungstruppen von Kommandant McAuliffe, sich in jener belagerten Stadt wieder trafen.

Um elf Uhr vormittags waren achtzehn Panzer zerstört. In den Ardennen kämpften Amerikaner und Deutsche am ersten Januartag 1945 noch weiter. Erst am 9. Januar gelang es den Amerikanern, die Deutschen zurückzuschlagen, die sich einige Tage später, am 28. Januar, gezwungen sahen, sich in ihre Ausgangsstellungen zurückzuziehen.

Bevor sie ihrem Vater schrieben, um ihm die Nachricht vom Sieg mitzuteilen, machten sich die beiden Brüder ohne Eile daran, das Geheimnis der Flanellbeutel zu enthüllen. Sie fanden ein stark zerknittertes Stück Papier, auf dem in sorgfältiger Schrift (bestimmt hatte die Amme die Lehrerin gebeten, für sie zu schreiben) das Gebet des Schutzengels in umgekehrter Wortfolge stand. Die Brüder lasen sich abwechselnd den Text vor, zuerst in der verkehrten, dann in der richtigen Reihenfolge der Worte.

Francisco begann mit dem Ende des Gebets genau, wie es auf dem Papier stand, und las:

Amen. Jakobus heiligen des Schwert dem mit geschützt immer für sei, Georg heiligen des Waffen den mit gegürtet Sei.
Mutter deine Maria Jungfrau die, Vater dein ist Gott.
Jerusalem nach bis Betlehem in Stall vom, ließ angedeihen Maria

Jungfrau der er den, Schutz den dir gebe Gott.
leiten Gott von immer dich Lasse.
Und der Bruder übersetzte, in der richtigen Reihenfolge:
Lasse dich immer von Gott leiten.
Gott gebe dir den Schutz, den er der Jungfrau Maria angedeihen ließ, vom Stall in Betlehem bis nach Jerusalem.
Gott ist dein Vater, die Jungfrau Maria deine Mutter.
Sei gegürtet mit den Waffen des heiligen Georg, sei für immer geschützt mit dem Schwert des heiligen Jakobus. Amen.
Die verkehrte Wortfolge in die richtige umwandeln – und schon hatte sich das Geheimnis gelüftet. Die beiden Brüder vergaßen, daß sie bereits erwachsene Männer waren, und machten sich einen Spaß daraus, das Gebet im Wechselgesang herunterzuleiern.
Als Monate später der Konsul den Brief las, in dem ihm seine zwei Söhne erzählten, wie der Zufall der Waffen sie an Weihnachten zusammengeführt habe und wie sie in diesem letzten Kriegswinter noch gemeinsam gekämpft hätten, rief er erstaunt aus, daß es also auch im richtigen Leben und nicht nur in den Romanen ein glückliches Ende geben könne.

Die Briefe und Bittgesuche des Konsuls, seinen Prozeß wiederaufzunehmen, folgten dem Rhythmus des Kriegsgeschehens. Mit jeder Niederlage der Nazis stieg seine Hoffnung auf Erfolg.

Mit den letzten Patronen ihrer Soldaten hatten die Deutschen den Mythos ihrer Überlegenheit verschossen. Die Alliierten hatten den Krieg gewonnen. Die Nachricht über den Tod des Führers stand in allen Zeitungen. In Lissabon ging das Gerücht um, Hitler halte sich auf einem vor der portugiesischen Küste liegenden U-Boot versteckt.

In seiner Rede vor der Nationalversammlung am Tag nach der Siegesverkündung der Alliierten beschränkte sich Salazar darauf, seiner Zufriedenheit darüber Ausdruck zu verleihen, daß England im ersten Rang der Siegermächte stand. Die Rede spiegelte keineswegs die euphorischen Kundgebungen des Volkes auf der Straße wider.

Der Konsul öffnete die Fenster, um den betörenden Duft der Fröhlichkeit und das Glockengeläute in seine Wohnung zu lassen. Auf den Straßen fielen sich die Menschen in die Arme, schwenkten Fahnen und bejubelten die Alliierten, ja sogar Rußland.

Um sein erregtes Gemüt zu beruhigen, legte der Konsul eine Schallplatte auf. Während er auf die ersten Akkorde wartete, *hörte* er geradezu den erwartungsvollen Augenblick, in dem der Taktstock des Dirigenten reglos über den Instrumenten des Orchesters verharrt, um dann mit einem magischen Schwung das Zeichen zum Auftakt zu geben, das die Finger der Musiker zum Leben erweckt und in Allegros und Moderatos tanzen läßt. Ein kurzer Moment

der Erwartung, eine winzig kleine Pause, ehe die kraftvollen und heroischen Akkorde der Ouvertüre erklingen.
So war es auch bei ihm gewesen; der Taktstock des Lebens hatte ihm eine Pause von fünf Jahren auferlegt. Aber jetzt war der Zeitpunkt gekommen, wo die Kraft des Sieges ihn wieder in Bewegung bringen würde. Alles würde jetzt anders werden.
Aber hatte er überhaupt Grund anzunehmen, daß mit Hitlers Niederlage sein Leben wieder wie früher würde? Waren es doch dieselben portugiesischen Fahnen, die im Siegeswind der Alliierten geflattert hatten, die nun während der Totenmessen und der dreitägigen Staatstrauer um den Tod des Führers an öffentlichen Gebäuden und an den Schiffen der Kriegsflotte, die auf dem Tejo vor Anker lagen, auf Halbmast gesetzt wurden!
Der Konsul hatte sich vorgestellt, daß der Sieg der Alliierten über die Achsenmächte, die Euphorie des Friedens, der Geist der Brüderlichkeit, der seit Ende des Krieges zu spüren war und all das, was nach und nach über die Nazis ans Tageslicht kam, ihm recht geben würden; oder mehr noch, daß man ihn für sein Verhalten in Bordeaux sogar auszeichnen würde.
Überzeugt davon, daß der Nationalsozialismus in Europa am Ende war, wagte er zu erklären, daß er sich unter keinen Umständen an das Visumsverbot für Juden gehalten hätte, da es in seinen Augen gegen die Verfassung, gegen die Neutralität, gegen die Gebote der Menschlichkeit und somit letztendlich und unwiderlegbar gegen die Interessen der Nation verstieß.
Aber weder die Nationalversammlung noch Präsident Carmona reagierten auf seine Proteste gegen die Strafe, die man ihm auferlegt hatte. Auch seine Gesuche um Entschädigung für den moralischen und materiellen Schaden,

der ihm durch das zwischenzeitlich bereits ad acta gelegte Disziplinarverfahren des Außenministeriums entstanden sei, blieben unbeantwortet.
Salazar und seine Regierung wurden für die Gastfreundschaft Tausenden von Flüchtlingen und Kriegswaisen gegenüber gelobt. Den ehemaligen Konsul in Bordeaux aber ließ man weiter in Unklarheit über seine zukünftige Situation. Der Prozeß wurde nicht wieder aufgenommen. Zwei Jahre lang verbrauchte er in bangem Warten seine Energie, die es ihm bisher ermöglicht hatte, gegen die Folgen des Schlaganfalls anzukämpfen, das Zittern seines linken Arms und sein steifes Bein unter Kontrolle zu halten. Er spürte, daß er keine Kraft mehr hatte, sich am Treppengeländer hochzuziehen oder das schleifende Geräusch seines steifen Beines zu ertragen, wenn er die Stufen hinunterging. Dieses Schauspiel wollte er sich ersparen. Er zog es vor, zu Hause zu bleiben. Er hatte keine Geduld mehr, nicht einmal mehr zum Lesen. Sogar *Camões* langweilte ihn. Die Platten von Wagner hatte er zerstört und damit auch den Trost, den ihm dessen Musik immer gespendet hatte.
Aus Amerika bekam er Briefe von seinen Söhnen, in denen sie ihm von Kameraden erzählten, die bei der Befreiung der Überlebenden in den Konzentrationslagern dabeigewesen waren. Er fragte sich, ob die Schreckensbilder, die ihm geschildert wurden, seinem durch den Krieg verwirrten Geist entsprangen. Es war doch nicht möglich, daß mit der Wärme, die bei der Verbrennung menschlicher Körper entstand, das Badewasser deutscher Offiziere erhitzt wurde; daß Häftlinge zu Forschungszwecken an Labors verkauft und dort unter schrecklichen Qualen als Versuchskaninchen benutzt wurden; daß man Massengräber mit Tausenden nackter Leichen gefunden hatte.

Nur eine Ideologie bar jeglicher Vernunft wie der Nationalsozialismus konnte aus einigen wenigen Männern Bestien machen, die die Welt in eine Hölle verwandelten.

In der Zeitung hatte er die Erklärung des japanischen Gesandten in Portugal gelesen, über «jene Bombe mit ihren verheerenden Auswirkungen, die nicht nur alles Lebendige im Umkreis vieler Kilometer vom Einschlagspunkt getötet, sondern auch den Boden verseucht und unfruchtbar gemacht hat; eine Waffe, die den japanischen Kaiser dazu veranlaßt hat, um Frieden zu bitten, damit sein Land und dessen Einwohner nicht völlig vernichtet werden».

Der Konsul konnte nicht verstehen, warum die Amerikaner und nicht die Nazimörder, die das Teuflische schlechthin verkörperten, diese apokalyptische Waffe erfunden und gegen den Feind eingesetzt hatten; eine Waffe, deren schreckliche Auswirkungen auf die Zukunft die Menschen dazu zwingen würde, eine geschichtliche Epoche zu verdrängen, um überhaupt weiterleben zu können. Eine neue Zeit war angebrochen, eine geschichtslose Zeit, in der er nicht mehr leben wollte.

Es ist nicht Aufgabe des Dichters mitzuteilen, was wirklich geschehen ist, sondern vielmehr, was geschehen könnte, das heißt das nach den Regeln der Wahrscheinlichkeit oder Notwendigkeit Mögliche.

Aristoteles

Auf dem Balkon des Herrenhauses und unten auf der Straße hörten nur noch wenige dem letzten Redner zu.

«Dieser Mann, den wir heute ehren, sollte den Rest seines Lebens dafür büßen, daß er in dieser mystischen, erhabenen Stunde dem höchsten der zehn Gebote – Liebe deinen Nächsten wie dich selbst – gefolgt war und...»

Die Menschenmenge auf dem großen Platz hatte sich schon stark gelichtet, aber bestimmt würde die Neugierde viele wieder zurücktreiben, sobald die Tochter des Geehrten das Wort ergriffe. Mariana war wegen ihres bescheidenen Auftretens von den spöttischen und bissigen Bemerkungen verschont geblieben, mit denen sich die armen Leute über die Reichen auszulassen pflegen. Ihre von harter Arbeit gezeichneten Hände hatten ihr viele Sympathien eingebracht, sogar von denjenigen, die sie nicht im Pelzmantel gekannt hatten und die nie erlebt hatten, wie sie im Organdykleid am Flügel saß und ihre zarten, weißen Finger über die Tasten gleiten ließ.
Den Journalisten interessierte diese letzte Rede nicht mehr. Er sah, daß es Ti Manel Paizinho ähnlich erging und beschloß, die Situation auszunutzen und ein paar Eindrücke mit ihm auszutauschen. Ohne Tonband und ohne Fotoapparat, weil sich die Alten beim Anblick dieser Geräte, die ihnen alle möglichen Indiskretionen entlocken wollen, gerne hinter listigen Ausflüchten und beschönigenden Formulierungen verschanzen.

Aber gewiß, Ti Manel Paizinho erinnerte sich noch gut an die endgültige Rückkehr des Konsuls, ein oder zwei Jahre nach Kriegsende.

«Nachts sah das Herrenhaus mit seinen vielen Fenstern, nur eines davon erleuchtet, wie ein Geisterhaus aus.

Der Herr Doktor war sehr verändert, als er ins Dorf zurückkam. Er war Witwer und schon sehr krank.

Wir wußten alle, daß er schon nicht mehr Konsul war.

Keiner ging mehr mit stolzgeschwellter Brust nach Hause, weil sich der Konsul nach seinen Kindern und seinem Leben erkundigt hatte.

Ich sehe ihn noch vor mir, wie er auf den Steinstufen vor dem Haus von Zoilo saß, in einer ganz anderen Welt, während die Ausländerin auf den Ämtern nach Akten, Registern und anderem Papierkram suchte, um herauszufinden, was der Herr Doktor noch besaß. Sie hat ihm alles weggefressen, sein Land und seine Wälder, so schnell konnte man gar nicht zugucken. Sie war eine dieser Frauen, die man nicht so schnell vergißt.»

In der ersten Zeit erschien der Konsul noch zu den Abendgesellschaften seiner Vetter, um Tricktrack zu spielen und über das Geschehen in der Welt zu diskutieren. Aber die Art und Weise, wie sie das Thema wechselten, ihm zerstreut zuhörten oder erst nach langem Schweigen auf seine Bemerkungen eingingen, zeigten ihm deutlich, daß er unerwünscht war. Und seit jenem Abend, an dem sogar einer seiner Brüder ihm zu verstehen gegeben hatte, daß sein unüberlegtes Vorgehen in einem für ein neutrales Land wie Portugal politisch so heiklen Moment nicht nur Schande über die ganze Familie, sondern sie auch der Regierung gegenüber in Mißkredit gebracht habe, hatte sich der Konsul ganz zurückgezogen.
Daß ehemalige Kommilitonen, Gelegenheitsfreunde oder flüchtige Bekannte ihn ihre Verachtung spüren ließen und sogar so taten, als würden sie ihn nicht mehr kennen, konnte er verstehen; das gehörte zu den Regeln der Gesellschaft. Von den Seinen aber konnte er diesen Mangel an Brüderlichkeit und Verständnis nicht akzeptieren.
Der Volksmund sagt, daß man erst im Unglück die wahren Freunde erkennt. Das hatte er am eigenen Leibe erfahren müssen, um es zu verstehen. Hätte sein Leben nicht einen Weg eingeschlagen, den niemand freiwillig geht, wäre er nie auf den Gedanken gekommen, die Schale zu knacken, um zu sehen, ob der Kern einiger Freundschaften gesund oder verfault war. Wenn sich die anderen in uns spiegeln wollen, suchen sie unsere Nähe. Wenn ihnen aber das Bild, das wir zurückwerfen, nicht gefällt, wenden sie sich ab.
Er hatte niemanden mehr.
Er vermißte Gesellschaft. Er brauchte Menschen, denen er

sich anvertrauen konnte. Über sich selbst zu sprechen bedeutete für ihn, die Erinnerung an Vergangenes festzuhalten, sich alten Eitelkeiten zu stellen. Aber es fiel ihm von Tag zu Tag schwerer, auszugehen und mit anderen zusammenzusein. Er wollte über die Sprache die schönen Dinge seines Lebens wieder in Besitz nehmen, ohne daß man ihm Überheblichkeit vorwarf; er wollte über seine Kinder in der Ferne und über seine tote Frau sprechen; er wollte seine Gedanken über die göttliche Vorsehung in Worte fassen, die solches Unrecht, wie es ihm widerfahren war, zuließ; er wollte seine Ängste und seine Wut hinausschreien, die er in sich hineingefressen hatte. Wo sollte er einen Menschen finden, der ihm zuhören und der ihn verstehen würde?

Eines Tages kam ein Mann und brachte ihm einen Scheffel Mais; die Miete, wie er sagte, die er schon seit vielen Jahren für eine alte Scheune auf dem Gutsbesitz des Herrn Doktor zahlte, in der er seine Holzschuhwerkstatt eingerichtet hatte. Der Konsul hatte sich zunächst über die etwas gurgelnde Stimme gewundert, über die Art, wie er die Worte mal krächzte, mal flüsterte, über die Aufmerksamkeit, mit der er die Bewegungen der Lippen verfolgte. Aber erst als der Mann überhaupt nicht auf das Gezeter der Ausländerin reagierte, die die Treppe herunterkam, war ihm der Verdacht gekommen, daß er taub sein mußte. Der Mann begrüßte die Ausländerin mit der Andeutung eines männlich-überlegenen Lächelns, das in seinem blonden Schnurrbart zitterte, während sie sich in Ausrufen der Verwunderung darüber erging, in diesem Land mit seinen untersetzten, schwarzäugigen und dunkelhäutigen Menschen einen Mann keltischen Schlages anzutreffen, gut gebaut und hellhäutig, mit blauen, intelligenten Augen in einem ruhigen Gesicht, das schon weiße Haar noch von einigen blonden Fäden durchzogen.

Von jenem Tag an wurde die Werkstatt des Holzschuhmachers zum einzigen Ort der Geselligkeit für den Konsul. Dort erfuhr er auch, was in der Welt geschah, denn für Mouco war das Lesen das wichtigste Mittel, um mit der Welt Kontakt zu halten. Er las täglich die Zeitung und brachte regelmäßig Bücher aus den Marktflecken mit, in denen er seine Pantinen verkaufte. So hatte der Konsul einen Gesprächspartner gefunden, dem er alles anvertrauen konnte, ohne ironischen oder wertenden Bemerkungen ausgesetzt zu sein. Er sprach über seine Ansichten über den Krieg, über die portugiesische Regierung und über die Länder, in denen er gelebt und mit den verschiedensten Leuten verkehrt hatte: mit Königen und Bankiers, mit ausgewanderten Portugiesen, die noch nach dem heimischen Misthaufen rochen, mit gerissenen Politikern und, was er besonders ausführlich beschrieb, mit den schönsten Frauen aller Rassen.

Die Stunden und Minuten verstrichen. Während der Schuhmacher das Stück Erlenholz mit der linken Hand auf dem Klotz zwischen seinen Beinen festhielt und mit der rechten bearbeitete, indem er es, schrapp, schrapp, auf die richtige Größe hobelte, dem Fuß der Kundin anpaßte und den Absatz anfertigte, erzählte der Konsul aus seinem Leben, schüttete sein Herz aus. Manchmal sprachen beide gleichzeitig. Aber jedesmal, wenn Mouco aufblickte und das Werkzeug weglegte, weil es Zeit für eine Zigarette war – ein Ritual, das er in Ruhe auskostete, von dem Moment an, in dem er die Dose herunterholte, den Tabak zwischen den Fingern zerrieb, ihn sorgfältig aufs Papier schüttete, den Rand mit den Lippen befeuchtete bis zur fertigen, bedächtig gerollten Zigarette –, redete der Konsul über die Ernte oder über andere Banalitäten, denn er vermutete, daß Mouco alles verstand, was er von den Lippen ablesen konnte.

Oft war der Konsul in Gedanken mit anderen Dingen beschäftigt, während er sein Herz erleichterte. Dann konnte es vorkommen, daß Mouco den Schuh, den er zwischen die Beine geklemmt hatte, mit dem Stechbeitel oder mit Sandpapier bearbeitete oder die Lederriemen befestigte, ohne auf seine Arbeit zu schauen, damit er die Worte sehen und verstehen konnte. Dies waren Momente der Ruhe und des Friedens in jenem mit Holzspänen übersäten Beichtstuhl.

Mouco hielt nichts von Sand- oder sonstigen Uhren – nutzlose Fallen, in denen die Menschen versuchen, die Zeit einzufangen, diese Ader des Geschehens, deren frei schießendes Blut kein Druckverband zu knebeln vermag. Seine Uhr war die vollbrachte Arbeit. Wenn er den letzten Nagel in das erste Paar Schuhe des Tages geschlagen hatte, stand er auf und ging zur Tür, um nach seiner jüngsten Tochter Ausschau zu halten, die ihm über kurz oder lang sein Mittagessen in einem Korb bringen würde.

Als seine Finger, von Arthritis gekrümmt, den Hobel nicht mehr halten konnten, brachte er den Schlüssel der Scheune dem Konsul zurück und verabschiedete sich von ihm, ehe er sich auf den Weg zu seinem ältesten Sohn machte, der in Lissabon lebte.

«Heute sehen wir uns zum letzten Mal.

Mann, was bin ich wütend auf Sie gewesen, weil Sie für eine Regierung gearbeitet haben, die mir einen Schwiegersohn nach *Tarrafal* gebracht hat! Sie sind vielleicht davor verschont geblieben, weil Sie einen Bruder im Ministerium hatten und weil Sie eben ein Adliger waren.

Sie sehen ja, was Ihnen die Freundschaft mit Salazar eingebracht hat, den Sie den Republikanern vorgezogen haben. Nach allem, was ich so gehört habe, hat Sie das Unglück letztlich dazu gebracht, an die Stimme des Volkes zu glauben.

Wissen Sie, nachdem Sie mir so einiges erzählt haben... Ich, der ich in meinem Leben doppelt so viele Kilometer zurückgelegt habe, wie Sie im Auto oder im Zug, um das Erlenholz zu schneiden und meine Schuhe auf dem Markt zu verkaufen; ich, der ich mir beim Wässern des Holzes Rheuma geholt habe, der ich mit knapper Not dem Tod durch eine Lungenentzündung entgangen und dafür taub geworden bin; ich, der ich so oft Sardinenköpfe essen mußte, weil die Filetstücke für die Kinder waren – ich weiß wenigstens, und das ist mir ein Trost, daß ich ein glücklicher Mann war, oder besser gesagt, glücklicher als Sie, denn das Leben hat mir nie so übel mitgespielt wie Ihnen. Und, wissen Sie, auch wenn es viele gibt, die Ihnen in den Rücken fallen, ich habe viel gelernt, durch das, was ich gelesen und gehört habe, denn ich habe mehr gehört, als die Leute dachten, und ich habe großen Respekt für Sie bekommen. Ich habe Ihnen das nie gesagt, wollte es für den Abschied aufheben.

Sie verlieren heute einen Freund.»

Der Konsul wußte nicht, was er sagen sollte. Er hatte Mouco gewisse Dinge nur anvertraut, weil er annahm, daß dieser ihn nicht hören konnte; andernfalls hätte sein Stolz dies nicht zugelassen.

Der Konsul irrte durch das große Haus, das von Tag zu Tag leerer wurde, und verfiel in eine sanfte Gleichgültigkeit, die ihn vor dem Wahnsinn schützte. Es gab nichts mehr, das ihn berührte. Er gewöhnte sich an das Gewicht seines

Armes, der immer kraftloser und unbeweglicher wurde, und an das steife Bein, das er hinter sich herschleifte. Er wollte nur noch die Zeit vorüberziehen lassen, ohne sich zu rühren, diese abgenutzte Ewigkeit, gefiltert im Staub der Sonne, die ihm die Haut wärmte. Auch die Spaziergänge unter den Haselsträuchern hatte er aufgegeben, denn er wollte es vermeiden, einem der Männer zu begegnen, die immer noch sein Land bestellten, was sie nur taten, weil sie dann die Grenzsteine versetzen und die kleinen Äcker, die ihnen der Konsul nach und nach verkaufte, vergrößern konnten; er wollte es vermeiden, sich Fragen wie: «Wie ist das nun, wieviel wollen Sie denn für Ihre Möbel haben?» auszusetzen, Fragen von Leuten, die ihm andererseits mit der Begründung, durch Dürre oder Gewitter Schaden erlitten zu haben, die Pacht nicht bezahlten, denn sie wußten genau, daß er weder die Kraft noch die gesellschaftliche Stellung hatte, sich durchzusetzen.

Was scherten ihn die Möbel oder sogar der Flügel, wo doch die Tochter, die darauf gespielt hatte, nicht mehr da war?

In diesem Haus mit seinen vielen Zimmern fehlten die vertrauten Schritte und Geräusche, die aus Dach und Wänden ein Heim machen.

Wenn er die Harfe und die Geigen noch hätte, könnte er sie auch noch verkaufen, denn die Zeiten des Familienorchesters waren vorbei. Die Kinder, die noch lebten, waren in alle Winde zerstreut; er wußte nicht einmal mehr, wo genau, trafen doch immer seltener Briefe ein. Was vom Geschirr übrig geblieben war, war auch schon verkauft, und das Silberbesteck hatte er verpfändet; alles Dinge, die er nicht mehr brauchte, da er keine Freunde und auch kein Geld mehr hatte, um in seinem Haus Empfänge zu geben; ungeeignete Gegenstände für seine bescheidenen

Mahlzeiten: Eier, Maisbrot und Gemüse, die er ohne Scham von ehemaligen Bediensteten entgegennahm. Mit jedem Stück Schönheit aus seinem Leben, das er weggeben mußte, verlor er auch ein Stück seines Stolzes.

Wozu brauchte er noch all die komplizierten Worte, die er gelernt hatte, wo es doch nur weniger bedurfte, um die vielen Jahre seines Lebens zusammenzufassen? Abgesehen vom Verb «verlieren»?

Er hatte sein Amt und seinen Wohlstand verloren, die Freunde, die Frau und einige seiner Kinder. Die Gesundheit und die Kraft. Den Stolz und die Eitelkeit. Er hatte sogar die Gewohnheit verloren, zur Post zu gehen, denn sein letzter, unbeantworteter Appell an den Staatspräsidenten lag schon fünf Jahre zurück, und er hatte die Hoffnung aufgegeben, daß ihm jemals Gerechtigkeit widerfahren würde.

So war seine Seele rund und glatt geworden; auch sie hatte die Rauheiten verloren, an denen sich das Leben festkrallen kann.

Später am Abend, nach der Abreise der Fremden und nach den endlosen feierlichen Lobreden, die nur die heroischen Momente beleuchteten, würde die Geschichte des Geehrten am Familientisch und in den Kneipen Zeile für Zeile und zwischen den Zeilen weitererzählt werden.
Der Journalist, der sich auf sein Metier verstand, würde von einem Tisch zum andern schlendern, da und dort etwas aufschnappen und den Rest des Abends mit einer Gruppe von Familienangehörigen des Konsuls verbringen.

Dona Madalena erinnerte sich, daß es zu der Zeit, als sie ein kleines Mädchen war, weit und breit keinen berühmteren Mann als den Gevatter Konsul gab.
«Wir haben das Silber poliert und den Dienstmädchen neue Schürzen und Häubchen machen lassen, wenn er zu uns zum Abendessen kam. Er brachte mir magische Spielsachen mit, wie ich sie mir nicht einmal im Traum vorstellen konnte. Der Duft fremder Länder umgab ihn. Er war ein Mann formvollendeter Umgangsformen. Wenn von den Zeiten der Monarchie die Rede war, stellte ich ihn mir in meiner kindlichen Phantasie als König vor. Auch später, nach dem Tod seiner Frau, als er schon sehr krank war, mit seinem steifen Bein und dem gelähmten Arm, habe ich ihn immer mit größter Ehrerbietung behandelt, wenn er mit der Ausländerin zu uns kam. Und wenn jemand grob gegen ihn war, habe ich weggeschaut, weil ich mich schämte und nicht wollte, daß er bemerkte, daß ich Zeugin dieser Respektlosigkeit gewesen war.
Er brauchte nie nach mir zu rufen, um ihm die Briefe an seine Kinder zu schreiben. Kaum hörte ich die mit Eisen

beschlagenen Absätze der Ausländerin auf dem Straßenpflaster klappern, rannte ich auch schon zu seinem Haus und brachte die Bogen mit den vorbereiteten Briefköpfen mit, für den Fall, daß sie nicht lange wegbleiben würde. Ich hatte so oft gehört, jene Frau sei von den Deutschen als Spionin geschickt worden, um den Gevatter Konsul zu überwachen, daß ich, auch nachdem dieses Gerücht nach Kriegsende hinfällig geworden war, noch immer große Angst vor ihr hatte.
Ja, ich war es, die ihm die Briefe an seine Kinder schrieb, als die Ausländerin anfing, ihm den Kontakt mit ihnen zu erschweren. Sogar die wenigen, die noch in Portugal lebten, verkehrten nur schriftlich mit ihrem Vater, denn sie behauptete, sie würden ja nur kommen, um den kranken Mann auszubeuten, der selbst kaum mehr wußte, wovon er im Alter leben sollte.»
Der Sohn des ehemaligen Gutsverwalters, der Recht studiert hatte und gerne über alle einschlägigen Fakten verfügte, ehe er sein Urteil abgab, unterbrach Dona Madalena:
«Es war doch ihr Vater. Weshalb haben sie sich den Zutritt nicht erzwungen?»
«Ich war noch ein kleines Mädchen und habe die gleiche Frage gestellt, empört über so viel Passivität. Aber es waren schüchterne Menschen. Meine Mutter meinte, daß sie vielleicht aus Achtung vor dem Vater nicht mehr kamen, um ihm die Szenen zu ersparen, die die Ausländerin jedesmal machte, wenn sie ihn besuchen wollten. Sie bedrohte sie sogar mit einem Revolver.»
«Wenn es stimmt, daß der Konsul und diese Frau ein Kind zusammen hatten, ist es nur natürlich...»
«Da in ihrem Schlafzimmer das Foto eines kleinen Mädchens hing, sagten die Leute, es sei seine Tochter. Ich hatte eher den Eindruck, daß es sich um Mariana handelte,

die ich erst kennenlernte, als sie schon erwachsen war. Der Konsul hat mir nie von dieser Tochter erzählt, die offenbar, wie man später erfuhr, in dem Jahr geboren wurde, in dem er das Konsulat in Bordeaux verlassen mußte.»
«Wenn die Leute nichts Genaues wissen, erfinden sie eben etwas. Es wurde sogar behauptet, daß der Konsul und die Ausländerin schon seit Jahren ein Verhältnis miteinander hatten und daß sie ihm wegen der Diamanten nachgereist sei, die er angeblich als Dank für die Visastempel bekommen hatte. Alles Klatsch und Verleumdungen von Leuten, die sogar noch schlecht über ihn redeten, als er schon im Elend lebte.»
«Wenn es stimmt, daß sie schon seit Jahren ein Verhältnis miteinander hatten, kannte sie ihn aber schlecht. Meiner Ansicht nach ging es ihr um den Namen für die Tochter. Für die Franzosen ist ein ‹von› vor dem Familiennamen allemal so viel wert wie eine Grafenkrone. Diamanten hat sie bestimmt keine gefunden, denn die Taschen des Konsuls waren leer, wie man unschwer an der Armut, in der er lebte, erkennen konnte. Den Namen für die Tochter aber, den hat sie bekommen, besiegelt durch die Heirat. Der Gevatter Konsul war ein Ehrenmann. Man brauchte ihn nur anzusehen, um das zu erkennen.»
Dona Madalena zog ein Foto hervor, auf dem ein großer, sehr eleganter Mann in Galauniform zu sehen war. Er trug eine schmale, enganliegende, auf der Brust bestickte Jacke, hochgeknöpft bis zum Stehkragen, wo das Rankenmuster, wie auch an den Ärmelaufschlägen, feiner und ziselierter war. An der Seite über der Taille ragte der Griff des Degens aus der stramm am Körper sitzenden Scheide. Der üppige, bis in die Spitzen sorgfältig gestutzte Schnurrbart unter der geraden, fast klassischen Nase lenkte die Aufmerksamkeit auf die vollen Lippen. Aber was am meisten ins Auge

sprang, war seine Sicherheit, eine gewisse Herausforderung, mit der er die Nachwelt betrachtete, und die mit der Sanftheit kontrastierte, die man in seinen Augen erahnen konnte.

«Er war ein stattlicher Mann und immer gut gelaunt, der Gevatter Konsul. Von all den Kostbarkeiten, die man hier auf dem Foto sieht, ist nur der Degen übrig geblieben. Als er starb, war die Galauniform nicht mehr auffindbar, um ihn darin zu beerdigen. Ich habe sie aber vier oder fünf Jahre später gesehen und wiedererkannt, beim Karneval. Wie hat es mich da geschaudert, als hätte ich seinen Geist gesehen, der hier seinen Spott treiben wollte!»

Es war Rosenmontag. Die Närrischen schmückten sich mit einer Krawatte, die Reichen trugen Hosen aus grobem, braunem Tuch und Holzschuhe. Die Bauern zwängten ihre stämmigen Körper in Seidengewänder, während die Frauen ihre Brüste unter den Hemden und Jacken der Ehemänner frei tanzen ließen und sich einen Schnurrbart anmalten, was der groben Männersprache, die von ihren vollen, maliziösen Lippen ertönte, besonderen Nachdruck verlieh und ihre Verkleidung vervollständigte. Die Kinder wühlten in den Kleidertruhen der Großeltern und fanden alle möglichen abgetragenen Fetzen, um älter auszusehen; sie schwärzten sich das Gesicht mit Holzkohle und setzten sich Zähne aus Zwiebeln auf.
Nachdem man sich am Geflügellebereis oder an den Nierchen und Schweinelendchen gütlich getan hatte – undenkbar ein Karneval, an dem nicht der prächtigste Hahn und das fetteste Schwein geschlachtet wurden –, begann das Durcheinander der *Cusadas*, der «Arschtänze», die auch, weniger vulgär, Großer Tanz oder Drehwalzer genannt werden.

Die dreifachen Trommelwirbel lockten die Menschen aus ihren Häusern. Sie bildeten zwei lange Schlangen, die den ganzen Tag lang durchs Dorf tanzten und ihre weiten Röcke schwingen ließen, immer den Riesen hinterher, die mit ihren gewaltigen Köpfen aus Pappmaché wackelten. Zwitterhafte Körper von Männern, Frauen und Kindern, in zwei langen Reihen angeordnet, wiegten sich in der Ekstase des Tanzes, trieben auseinander, näherten sich einander wieder und riefen andere zum Fest, in einer kollektiven Raserei, die sie verschluckte und in ein Spektakel schleuderte, in dem ein jeder gleichzeitig Zuschauer und Spiegel der eigenen Emotionen und derjenigen der anderen war.

Wenn die Großköpfigen zum Großen Tanz trommelten, rannten die beiden Menschenreihen aufeinander los, drehten sich den Rücken zu und ließen ihre Hüften kreisen, bis die Hinterbacken auf einen Zufallspartner stießen, um dann beim letzten Trommelwirbel wieder schnell auseinanderzulaufen.

Hier ein Monster im Tutu einer Ballerina, mit krummen, behaarten Beinen; dort ein schmächtiger Krüppel mit gewaltigen Brüsten und bis zur Nase hinauf geschminkten Lippen; und dazwischen ein Possenreißer, der sein bemaltes Gesicht unter einem Federhut verbarg und seinen Körper, der in einer engen, goldbestickten, bis zum Stehkragen hochgeknöpften Jacke steckte, hin und her wiegte. Der Plastikdegen an seiner Seite hüpfte im Rhythmus der Cusada, wenn er seinen Hintern in die richtige Position brachte, um jemandem einen ordentlichen Bums zu versetzen.

Bei Einbruch der Dunkelheit zerstreute sich die ganze Bande; Tänzer, Riesen und Narren verschwanden in den Straßen und Weinschenken. Die Diplomatengalauniform mit dem Rankenmuster aus Goldstickerei, aus der einige Fäden sich bereits gelöst hatten, würde nun wieder in der eisenbeschlagenen Truhe des Sohnes irgendeines ehemaligen Bediensteten des Konsuls verschwinden und dort bis zum nächsten Rosenmontag liegenbleiben. Niemand wußte, daß das Rankenmuster aus echten Goldfäden gestickt war.

Bocas bat darum – mit Verlaub – sich an jenen Tisch setzen zu dürfen, um sich am Gespräch zu beteiligen. Er erzählte, wie eines Sonntags die Schar der Frommen auf dem Weg zur Messe den Dorfplatz überquerte, gefolgt von den Kindern, die auf dem Land immer die Boten und Überbringer von Neuigkeiten sind. Bocas erinnerte sich, daß er an jenem Tag keine Lust auf einen Streifzug oder auf sonst ein Abenteuer hatte und daß er in aller Ruhe fortfuhr, das Schaf zu scheren, das zwischen seinen Beinen eingeklemmt war. Später würde bestimmt jemand vorbeikommen und ihm alles erzählen.
Ein Rotzbengel, der an der Tür des Schafstalls vorbeilief, forderte ihn heraus: «Los, kommen Sie mit, jetzt werden wir's der Ausländerin zeigen! Da kann sie noch so laut brüllen, es gibt keinen Richter, der ihr helfen kann!»
Bocas legte die Schere beiseite und ließ das Schaf laufen. Das wollte er sich nun doch nicht entgehen lassen, diese erste Auseinandersetzung zwischen der Ausländerin und den Dorfbewohnern! Auf dem Dorfplatz angekommen gesellte er sich zu der Meute, die um Dona Aninhas herumstand und diese anfeuerte, mit der Peitsche auf die Blonde einzuschlagen.
«Was ist denn passiert?» Zwischen den Beschimpfungen, die ihre Wirkung verfehlten, weil die Ausländerin so schlecht portugiesisch sprach, ging die Kunde von Mund

zu Mund: Die Niederträchtige habe die kleine Madalena geohrfeigt, weil sie diese dabei erwischt habe, wie sie dem Konsul einen Brief von einem seiner Kinder überbrachte.

Noch nie hatte Bocas das Volk so aufgebracht gesehen. Dem Beispiel von Dona Aninhas folgend wollte sich nun jeder einmischen. Die Frau brüllte und tobte, und die Sache fing an, brenzlig zu werden. Die Meute hätte sie bestimmt gelyncht, wenn der Bruder von Madalena aus Angst vor dem, was passieren könnte, und auch aus Respekt für den Gevatter Konsul, der Ausländerin nicht den Arm gereicht und sie nach Hause gebracht hätte. Das hatte niemand erwartet. Diese Geste rettete ihr das Leben. Alle schwiegen, ließen von ihr ab und die beiden gingen ungehindert weg.

«Sie hat sich noch nicht mal bedankt. Sie hat meine Mutter verklagt. Die Leute sagten, sie habe ihren Blutergüssen mit Farbe nachgeholfen.»

Bocas hatte die Wut sehr wohl verstanden, mit der die Ausländerin beschimpft worden war. Es ging um mehr als die Ohrfeige, die sie der Tochter einer angesehenen Dame des Dorfes gegeben hatte. Die ehrbaren Frauen haßten diese Person, die aus dem Nichts aufgetaucht und als Störenfried in das Leben eines Vaters vieler Kinder eingedrungen war. Die Männer hingegen konnten es nicht mit ihrem Stolz vereinbaren, daß eine Frau ihnen die Stirne bot und einen Mann, vor dem sie noch immer den Hut zogen, oft rücksichtslos behandelte.

«Wenn sie aufs Amt ging, wartete der Konsul draußen. Er setzte sich auf die Treppe vor dem Haus an der Ecke und kratzte mit der Spitze seines Spazierstocks auf der Granitstufe. Keine Ahnung, ob es Buchstaben waren, und wenn ja, was er genau schrieb. Ich hatte Lust, mit Steinen nach ihm zu werfen, wie bei meinen Schafen, um sie von der falschen Weide zu verjagen, damit er aufstand und sich gerade hinstellte, wie es sich für einen Mann gehört, der am Tisch mit weißen Handschuhen bedient wurde.»

«Die Ausländerin hat noch viele Jahre hier gewohnt. So viele, daß sie sogar gut Portugiesisch gelernt hat. Aber auch nach dem Tod des Konsuls hatte sie mit niemandem Kontakt. Sie sparte sich die Worte für die Finanzbehörde und fürs Grundbuchamt auf, wo sie herauszufinden versuchte, ob von dem Besitz noch irgendein Stück Land übrig war. Ihr flinkes Mundwerk hob sie sich für die Richter auf, denn sie prozessierte viel und gerne. Diese Frau war ein echtes Teufelsweib.»

Bocas rief Mangas an den Tisch. Er solle erzählen, wie das in seinem Fall gewesen sei, wie er ihr gar nicht die Zeit gelassen habe, ihn vor Gericht zu zerren oder ihn erneut mit dem Revolver zu bedrohen.

Die Ausländerin hatte von ihm verlangt, er solle die Grenzsteine eines Pinienwäldchens, das er zu seinem eigenen Stück Land dazugekauft hatte, wieder zurückversetzen, denn sie glaubte nicht, daß ihm der Konsul, wie er behauptete, das Stück Wald verkauft hatte. Sie drohte, ihn zu verklagen. Da hob er die Hacke auf die Höhe ihres Gesichts. Sie machte ihren langen Hals noch länger, setzte ihm die Pistole auf die Brust und blickte ihm dabei fest in die Augen.

Mangas' Frau, die gerade den Obstgarten bewässerte, hörte den Streit, rannte hinauf und warf ihren Holzschuh nach der Ausländerin. Dieser flog geradewegs auf sein Ziel zu, landete auf dem federgeschmückten Hut der Feindin und verletzte sie am Kopf. Das Blut lief ihr über die Augen, aber wenn er und seine Frau nicht sofort die Flucht ergriffen hätten, wären sie in einem Kugelhagel umgekommen.

«Das betrifft Sie natürlich nicht, aber in der Tat haben viele die Situation des Konsuls ausgenutzt, um die Grenzsteine zu versetzen. Sie haben ihm Gerätschaften gestohlen und seine Äcker bebaut, ohne Pacht zu bezahlen. Deswegen hatte die Ausländerin manchmal schon recht. Und viele Männer bewunderten ihren männlichen Mut.»

Die blonde Frau mit dem eigenwilligen Kinn, die von den Kavalieren des Dorfes «*Mignonne*», von den Bauern «aufgetakelte Ziege» und von allen anderen einfach «Ausländerin» genannt wurde, hatte noch einige Jahre im Dorf gelebt, ohne je Freundschaften zu schließen. Sie pflegte nur die absolut notwendigen geschäftlichen Kontakte. Immer allein. Sie fing an, alt zu werden; ein Schatten des Schattens der Einsamkeit ihres Mannes.

Sie verreiste regelmäßig für eine bestimmte Zeit, aber der Konsul begleitete sie nur selten. Man sagte, daß sie den Erlös aus dem verkauften Besitz ins Ausland schaffe, für die Erziehung ihrer Tochter. Man sagte, man sagte – aber keiner wußte über ihr Leben wirklich Bescheid. Jedesmal sagten die Leute, jetzt hat sie die Nase voll und bleibt für immer weg. Sie kam aber jedesmal zurück.

Die Romantikerinnen unter den Frauen des Dorfes bewunderten sie. Sie sahen in der Ausländerin keine Frau, die Diamanten hinterherjagte, dem Konsul den letzten Besitz entriß oder die gar eine Spionin war. Nein, für sie war die Geschichte viel einfacher: Sie war eine Frau, die liebte, eine Frau, die den Mann umsorgte und unterstützte, der in einem (un)glücklichen Moment die Jugend in ihr gesucht hatte, die er in sich dahinschwinden spürte. Er hatte sie in sein Leben hineingezogen, sie aber gleichzeitig von seinem Alltag ausgeschlossen und auf eine gewisse Distanz gehalten, weil es in seinem Leben keinen Platz für sie gab. Erst später hatte er sie gerufen, und sie war gekommen, um mit ihm die Liebe und die Sehnsucht für jene

Tochter zu teilen, die weit weg von ihm aufwuchs und die man gelehrt hatte, stolz auf ihren Vater zu sein.
Einige, die in der Ausländerin zwar einen berechnenden Eindringling sahen, empfanden mit der Zeit doch ein gewisses Mitleid für diese Frau voller Leben und Energie, für diese Gefährtin eines viel älteren Mannes, der ständig von seinen Sorgen um die Kinder sprach, von denen er keine Nachricht hatte, unversöhnt mit der Welt, versunken in einen Zustand der Gleichgültigkeit und Tatenlosigkeit, in der er die letzten sechs Jahre seines Lebens verbrachte.

Die Sprache, mit der wir unser tägliches Leben schreiben, besteht aus Worten, die nach und nach ihre Bedeutung verlieren, weil sie so oft benutzt werden. Das Wort «Vater», das der Konsul so häufig aus dem Mund seiner Kinder vernommen hatte, gehörte schon lange nicht mehr zu seinem Alltag. Er vermißte es und hätte es gerne wieder gehört, dieses einfache Wort, das Mariana mit ihrer ruhigen Stimme etwas in die Länge zog; das Fernando und Francisco mit einem leicht amerikanischen Akzent aussprachen, was ihn rührte; das Matilde und Filomena in einem sanften Tonfall an ihn richteten, was ihn besänftigte; das Filipe mit energischer Stimme artikulierte, was ihn aufweckte.
Es schmerzte ihn, daß er dieses erste gestammelte Wort von seiner jüngsten Tochter, die fern von ihm geboren war und auch fern von ihm aufwuchs, nie gehört hatte.
Nachdem ihm kurz nach seiner Ankunft in Portugal die Regierung die Erlaubnis verweigert hatte, nach Bordeaux zu reisen, um dort seine persönlichen Angelegenheiten zu regeln, hatte er angefangen, sich Gedanken darüber zu machen, wie er die vorhersehbaren Schwierigkeiten, diese Tochter kennenzulernen, umgehen könnte. Im Verlaufe

der Kriegsjahre verlor er mehr und mehr den Mut und sehnte sich nach diesem Kind, das er nur von Fotos kannte. Die Zufälle des Lebens ließen ihn für seine Fehler büßen, ohne sie gegen seine guten Taten aufzurechnen.

Nach Kriegsende lernte er diese Tochter schließlich kennen und konnte einige Zeit mit ihr verbringen. Er versuchte, die Folgen seiner Krankheit vor ihr zu verbergen und zeigte ihr Bilder von den strahlendsten Momenten seines Lebens. Er verzauberte sie mit dem exotischen Charme eines Schnappschusses, auf dem ihm der Sultan von Sansibar eine Auszeichnung überreichte; vielleicht, weil ihn das Bild als jungen Mann zeigte. Und um der Tochter eine Vorstellung von der geschmackvollen Umgebung zu geben, in der ihr Vater gelebt hatte, zeigte er ihr das Foto eines Empfangs, den er in seinem Haus in San Francisco gegeben hatte. Den mondänen Höhepunkt seiner diplomatischen Karriere schenkte er ihr schließlich in Silber gerahmt: Das Bild zeigte ihn in strammer Haltung, als ihm der belgische König Léopold im Beisein des gesamten Hofstaates den Orden der Krone verlieh.

In ihren Kinderaugen konnte er lesen, daß sie diese Bilder für immer in der Erinnerung bewahren würde.

An jenem Tag hatte er seit den frühen Morgenstunden an die Seinen in der Ferne gedacht; dabei war er auch dem Menschen begegnet, der er selbst einst gewesen war.

Schon lange war die Zeit im Leben des Konsuls verstummt. Sie hatte aufgehört, ihn wie ein Wecker, der den Menschen den Beginn eines neuen Tages ankündigt, aus dem Schlaf zu klingeln. Schon lange maß er die Zeit nur noch an den Abwesenheiten und Todesfällen, die sich in seinem Leben ereigneten.

Am frühen Morgen hatte ihn ein alter Diener aufgesucht

und sich lange und umständlich mit der Begrüßung aufgehalten, weil er nicht recht wußte, wie er diese Teilnahmslosigkeit durchbrechen sollte, um dem Konsul den Tod eines seiner Kinder mitzuteilen.
«Der junge Herr Sérgio hat sehr unter der Kälte gelitten. Es war wohl ein Anfall von Bronchitis. Ja, so war es. Man hat ihn tot in seinem Zimmer aufgefunden, ganz allein. Er ist allein gestorben, Herr Doktor, mutterseelenallein.»
Der Konsul verstand weder den Sinn der Wiederholung noch die Art der Betonung, die der Mann auf dieses Wort legte. War es Mitleid? Oder Kritik?
Ist denn nicht jeder im Tod allein?
Vor einigen Monaten war ihm in einem Lissabonner Krankenhaus ein anderer Sohn gestorben, auch dieser einsam und allein.
Seine Frau hatte Ester schon bei den ersten Anzeichen des Fiebers aus der Wiege genommen und sie Tag und Nacht an ihren Körper gedrückt, in der vergeblichen Hoffnung, das Kind zu beschützen. Aber es war gestorben, allein, zitternd und weinend in den Armen der Mutter, die nicht mit ihm zusammen sterben konnte.
Als Álvaro seinen unerwarteten Schlaganfall hatte, war die ganze Familie um ihn versammelt gewesen, um sein Staatsexamen zu feiern. Er hatte mit seinen Schwestern getanzt und gespielt. Vater, Mutter und Geschwister waren da, um die Seele in seinem Körper festzuhalten, aber der Sohn hatte keine Zeit mehr gehabt, mit irgend jemandem jenen kurzen Augenblick zu teilen, in dem sein Lebensfaden durchschnitten wurde.
Einer von Álvaros Professoren in Löwen hatte den Eltern damals geschrieben: «*Gottes Ratschluß hat aus dem Kranz Ihrer vielen Kinder eine im Aufblühen begriffene Blume gepflückt und sie ins Paradies verpflanzt.*»

In der tiefen Erschütterung, mit der die Geschwister bei der Beerdigung den Trauermarsch spielten, kam ihr großer Schmerz um den frühen Tod des Bruders zum Ausdruck; er aber, der Vater, klammerte sich mit den Augen an den weißen Organdykleidern seiner Töchter und an den schwarzen Bändern um die Kragen seiner Söhne fest. Er wollte weder den Sarg sehen, in dem sein Erstgeborener lag, der ihm für immer genommen war, noch die Kränze aus Rosen, Tulpen, Hyazinthen und Gladiolen, die in einer für ihn unerträglichen Sinnbildlichkeit am Grab seines Sohnes bleiben, nach und nach die Blätter verlieren und verfaulen würden.

Der Talmud sagt: Wenn jemand eine israelitische Seele erhält, rechnet es ihm die Schrift an, als hätte er die ganze Welt errettet.

Er hatte seine Frau geküßt, die Mariana in ihren Armen wiegte und wärmte. Es waren Küsse aus einer längst vergessenen Zeit, und seine Frau hatte mit den erschreckten Augen eines Kindes, das sich in der Dunkelheit fürchtet, allein gelassen, dem Tod ins Antlitz geblickt.

Mit diesen Gedanken und mit der unstillbaren Sehnsucht nach den Seinen bündelte der Konsul all seine Ängste in einem Kraftstrudel, der ihn unaufhaltsam in den Tod zog.

In jenem Winter, den der Konsul allein im Herrenhaus verbrachte, schneite es mehr als sonst in der *Beira*. Als er zuschaute, wie der Schnee das Pflaster auf dem Platz vor dem Haus gleichmäßig bedeckte und den Christus am Kreuz in ein Schweißtuch hüllte, überfiel ihn eine große Sehnsucht nach der glücklichen Zeit in Belgien, eine Sehnsucht – geboren aus der Unbehaglichkeit seines Hauses – nach Wärme und nach dem Kaminfeuer, das die Hausangestellten dort unermüdlich unterhielten. Jetzt, in dieser kältesten aller Nächte, war er allein in dem großen, leeren Haus. Er hatte weder Holz noch Kohle; nichts, um sich zu wärmen. Nur wenige Meter von seinem Haus entfernt gab es Bäume und Sträucher. Er bräuchte nur irgend etwas zu finden, womit er ein paar Zweige abschneiden könnte… Aber es hatte die ganze Nacht geschneit. Was nützte ihm nasses Holz, vorausgesetzt, seine gesunde Hand hatte überhaupt die Kraft, eine Axt festzuhalten? Er erinnerte sich, im Weinkeller die Füllung einer alten Tür gesehen zu haben, die jemand dort abgestellt hatte. Die Kälte versteifte sein krankes Bein, und er wußte nicht, ob er es bis in den Keller hinunter schaffen würde. Schließlich aber gelang es ihm, die Türe die Treppenstufen hinauf bis zum Kamin zu schleifen. Er entfachte das Feuer mit Papier und Resten von Büchern, die auf dem Boden herumlagen: sein *Praktischer Leitfaden für den portugiesischen Bürger im Umgang mit den Konsulaten Portugals*, *Der Handel Portugals und die Märkte Brasiliens*, 1922 erschienen, und *Le Portugal, Pays de Rêve et de Poésie*, ein Buch, das er auf französisch geschrieben hatte. Zwischen diesen Bänden kam eine zerfledderte Broschüre zum Vorschein, an deren Titel er eine Predigt seines Onkels,

des Abtes von Alcobaça, wiedererkannte. Auf dem einzigen Blatt, das noch zu entziffern war, las er:
«*Ich weiß wohl, daß es anfechtbar ist, nur Gutes zu tun, wenn die anderen uns beobachten; aber es kann eine Möglichkeit sein, sich diese Gewohnheit anzueignen. Und das ist bereits eine gute Frucht jenes guten Baumes (Arbor bona fructus bonos facit).*»
Nie wieder würde sich in diesem Haus jemand für Lektüre interessieren, weder für Zeitungen noch für die Reste seiner eigenen Werke oder für einen Abschnitt aus einer fünfzig Jahre alten Predigt. Er kannte das alles sowieso auswendig, und das einzige, was er jetzt wollte, war Wärme, koste es, was es wolle. Er schichtete alle Papiere, die er finden konnte, zusammen mit einigen alten Stuhlbeinen zu einem großen Haufen auf.
Im Lichte der ersten Flammen, als sich die Blätter in der Hitze krümmten und als schwarze Fetzen zu Boden flatterten, las er die sterbenden Worte, ehe sie sich in Asche und Staub auflösten: «*...Unser Herz, mit der harten Kette der Not und des Schmerzes ans Leben gefesselt, trifft auf seiner beschwerlichen Reise über das aufgewühlte Meer des Daseins nur auf Lügen und verführerische Trugbilder; hinter sich läßt es als sichtbare Spur des menschlichen Elends Ernüchterung und bittere Enttäuschung.*»
Das Holz war schon fast aufgebraucht. Das Papier verbrannte in hohen, lodernden Flammen, die rasch in sich zusammensanken und eine ebenso starke wie flüchtige Wärme erzeugten. Nach und nach warf der Konsul noch einen Stapel Zeitungen und ein oder zwei Bündel maschinengeschriebener Seiten ins Feuer, wobei er einen kurzen Blick auf das letzte Blatt warf. Soweit er erkennen konnte, hatte er wohl bereits ein oder zwei Kapitel einer Übersetzung des Philosophen Aristide Briand verbrannt, die er vor vielen Jahren begonnen hatte.

Die sanfte Wärme des ausgehenden Feuers ließ ihn in die Vergangenheit zurückgleiten. Er durchlebte noch einmal einige Momente aus der ersten Hälfte des neuen Jahrhunderts, die bereits hinter ihm lag. Als Monarchist hatte er den Zusammenbruch von Monarchien erlebt und gesehen, wie neue, absolutistische Strukturen unter der Herrschaft eines Diktators entstanden. Er hatte sich zunächst vor dem Geist der Demokratie gefürchtet, deren Befürworter er später geworden war. Er hatte mit den verschiedensten Menschen in Europa, Afrika und auf dem amerikanischen Kontinent verkehrt und die glückliche Zeit der Belle Epoque und die wilden zwanziger Jahre genossen. Aber während all dieser Zeit war er weit weg von sich selbst gewesen. Er hatte zwei Weltkriege erlebt und ging nun in seinem Haus zugrunde; ein seltenes Exemplar eines Gefangenen aus dem letzten dieser Kriege.

Er hatte aufgehört, die Menschen und ihr Verhalten im Verlauf der Zeit, die ihnen bestimmt ist, verstehen zu wollen. Briand brannte im Kamin, und er trieb auf dem Strom des Geschehens dahin, schläfrig und getröstet von den wärmenden Flammen der Weisheit.

Bevor er einschlief, warf er noch die Reste des Stuhls in den Kamin. Im Prasseln des trockenen Holzes schlug das Herz des Feuers, ehe es zu Asche zerfiel.

Die Flammen warfen gespenstische Schatten auf die in die blauen Samtvorhänge gestickten Familienwappen; wie ein Windstoß fegten sie die Feigenblätter von dem roten Grund und bewegten die Flügel der Königsadler, die im Sturzflug auf den Löwen herabstürzten, der sie sprungbereit und mit aufgerissenem Rachen erwartete.

Um Mitternacht hatte der Konsul alles verbrannt: den Stuhl, die kaputten Möbel und das Papier. Das Feuer erlosch und die Schlaflosigkeit kam.

Ein eisiger Luftzug fuhr durch das dunkle, stille Zimmer. Sein Körper war kalt und fand keine Ruhe, obwohl das Gewicht des Schlafes, den sein Geist ihm verweigerte, schwer auf seinen Lidern lastete. Unruhig warf er sich in kaltem Schweiß und eisigen Alpträumen hin und her, als wäre die Malaria, die er sich auf Sansibar zugezogen hatte, erneut ausgebrochen. Er spürte, wie sein Körper wuchs und sich ausdehnte, den Raum und die eigenen Fesseln sprengte, um seine Kinder zu erreichen, die ihm flehend die Hände entgegenstreckten. Aber er konnte sie nicht hören. Mit aller Kraft versuchte er, von ihren Lippen abzulesen, worum sie ihn baten. Er verstand, daß ihre Rettung von einem Dokument abhing, das er, der Vater, unterzeichnen mußte. Aber als es ihm unter großer Anstrengung gelang, seine gelähmte Hand in die richtige Lage zu bringen, stellte er fest, daß er nicht mehr schreiben konnte und auch nichts mehr zum Schreiben hatte.

Der Platz vor dem Haus, der Mariana als Maßstab diente, wenn sie Kusinen oder Dienstmädchen von den Straßen im Ausland erzählte, in denen sie gewohnt hatte, war ihr immer klein und armselig vorgekommen. An diesem Nachmittag aber, nach so vielen Jahren, erschien er ihr groß unter dem Baldachin aus bunten Girlanden. Hunderte von Körpern und Köpfen, die sich im Rhythmus der Reden bewegten, hatten ihn über das menschliche Maß hinaus wachsen lassen.

Auf dem Balkon, der den Platz beherrschte, fühlte sich Mariana wie in einem Spiegelkabinett, in dem die Vergangenheit ihrer Familie vorbeizog und, in die Länge oder in die Breite verzerrt, zurückgeworfen wurde. Schutzlos lag die Familiengeschichte vor der Menge ausgebreitet, vor all diesen Menschen, die um so größeren Gefallen daran finden, das Unglück anderer zu beklagen, wenn es schon zu spät ist, das Mitgefühl unter Beweis stellen zu müssen.

Als der Vater gestorben war, weit weg von seinen in ganz Afrika und auf dem amerikanischen Kontinent verstreuten Kindern, hatte Mariana keine Gewissensbisse gespürt, weil sie ihn nicht hatte trösten und in die Arme nehmen können, wie sie dies bei der Mutter getan hatte. Statt dessen hatte sie einen Ruf aus ihrer Vergangenheit als Botin des Konsuls vernommen. In jenem Augenblick hatte sie sich gelobt, erst an dem Tag in die Heimat zurückzukehren, an dem sie das Andenken ihrer Eltern würde ehren können. Es hatte länger gedauert, als sie sich vorgestellt hatte, aber nun war es endlich soweit, und sie stand neben berühmten Persönlichkeiten, die vor der lauschenden Menge die Verdienste ihres Vaters würdigten.

Sie erkannte einige Gesichter wieder, aber es waren Bilder,

die sie im Puzzle der Erinnerungen nicht einzuordnen vermochte. Sie versuchte abzuschätzen, wie viele der Anwesenden, die nun *den Mut und die Entsagung* des Konsuls lobten, die Entscheidung Salazars gegen ihren Vater unterstützt hatten; wie viele ihm wohl den Rücken gekehrt hatten. Und diejenigen, die jetzt gegen die Ausländerin wetterten, weil sie das Geschirr, den Schmuck und das Familiensilber verscherbelt hatte – wie viele von ihnen hatten wohl versucht, vor dem Kauf um den Preis zu feilschen? Vielleicht hatten sie diese Gegenstände am heutigen Tag im Schrank eingeschlossen, genau so wie sie selbst derartige Gedanken heute in sich verschloß.
Nach der Revolution vom 25. April hatte ihr jemand nach Amerika geschrieben, daß das Haus eine Ruine sei. Aber so viel Respektlosigkeit, Zerstörung und Plünderung hatte sie sich nicht vorgestellt.
Der Regen vieler Winter hatte die Wände aufgeweicht und Rinnen in den Fußboden gegraben, so wie Tränen Furchen im Gesicht einer Frau hinterlassen. Aber Mariana wußte, daß nicht Wind und Regen die Scheiben eingeschlagen, die geschnitzten Holzstäbe aus der Balustrade gerissen, die schweren Türen aus den Angeln gehoben, die Wasserhähne abgeschraubt, die Tapeten aufgeschlitzt und sämtliche Räume der Indiskretion, der Plünderung, dem Federvieh und dessen Dreck preisgegeben hatten.
Lieber hätte sie dies alles nicht gesehen. Aber nein, sie würde nichts sagen.
Als wären sie eben erst benutzt worden, sah Mariana die Werkzeuge vor sich auf dem Boden liegen, die neben den Steinen der Dorfbengel das Herrenhaus in ein Skelett verwandelt hatten. Vielleicht waren es dieselben, mit denen die verschiedensten Handwerker während zehn Jahren das Haus erbaut und verschönert hatten. Wie viele Spar-

strümpfe und Aussteuertruhen mochten wohl dank dieser Hacken und Schaufeln, Meißel und Fäustel, Stemmeisen und Hämmer, Hobel und Sägen gefüllt worden sein?

Sie erinnerte sich noch gut, mit welchem Vergnügen ihr Vater damals, als sie noch ein kleines Mädchen war, bei jedem Fortschritt der Bauarbeiten den Geruch von Mörtel und Kalk, von frisch gesägtem Holz, von neuen Dachziegeln, Farben und Lacken tief eingeatmet hatte. Seine Augen hatten geglänzt, wenn er das Kratzen des Meißels auf dem Granit, das Hämmern und Lachen der Arbeiter hörte. Aber am besten erinnerte sie sich an die Fröhlichkeit und an den Überfluß, in dem sie und ihre Familie hier gelebt hatten. In diesem Dorf mit seinen niedrigen Häusern der Bauern, Handwerker und Weberinnen war ihr Elternhaus vielleicht das zur Schau gestellte Symbol eines Traumes gewesen, den die einfachen Leute für unerreichbar hielten und dessen annähernde Verwirklichung nun an den schwarzen Dächern und Fensterrahmen aus Metall abzulesen war, die sich von den grell-bunt gekachelten Fassaden der protzigen Häuser abhoben, die jetzt auf demselben Boden der *Quinta* standen, auf dem einst die Apfelbäume geblüht hatten und die überreifen Kakipflaumen von den Ästen gefallen waren.

Sie erinnerte sich, daß ihr gar nicht aufgefallen war, wie viele Kinder der Grundschule beim Betreten des Klassenzimmers auf und ab hüpften und die blaugefrorenen Finger anhauchten, um die Kälte zu vertreiben. Kinder, die oft eine halbe *Légua* übers Feld und durch den Wald zurücklegen mußten, um zur Schule zu gelangen, die dem Herrenhaus gegenüber lag. Kinder, die nach dem langen Fußmarsch die steifgefrorenen Finger im warmen Atem vor dem Mund wärmten, während ihnen noch die Zähne vor Kälte klapperten, obwohl sie ihre Holzschuhe an dem

Becken rieben, das die Mutter mit glühenden Kohlen gefüllt hatte. Kinder, die genau wußten, daß nur das Himmelreich den Armen gehört. Sie konnten sehen, wie die jungen Herrschaften in Pelze gehüllt aus der Tür traten und in sicherer Entfernung vor der frierenden, rotznäsigen Bande auf dem Weg zur Schule davonrollten, geschützt hinter den Scheiben der großen Limousine, die der Konsul eigens zu dem Zwecke gekauft hatte, um seine Söhne und Töchter, die Erzieherinnen und die Hausmädchen chauffieren zu lassen.

Erst als Mariana die Schattenseiten des Lebens aus eigener Erfahrung kannte, hatte sie angefangen, über diese Dinge nachzudenken. Sie konnte verstehen, weshalb jemand das Herrenhaus mit Steinen bewarf, es ausplünderte und ihm die Geheimnisse von so viel Überfluß entriß, zu einem Zeitpunkt, als der Zauberstab des Geschehens, den einige auch Schicksal nennen und der so viel Zauberkraft gar nicht besitzt, das Füllhorn in einen sterbenden Löwen verwandelte. Sie verstand diesen Siegesschrei der Gedemütigten über die Grandezza dieser Welt.

Nach dem Applaus für den letzten Redner war eine Stille eingetreten, deren Maß und Gewicht Mariana nicht einschätzen konnte. Sie faßte Mut. Die Blicke der Menschen auf dem Platz, die auf sie gerichtet waren, brachten sie zu sich selbst zurück.

Jemand führte sie zum Geländer. Man erwartete, daß sie etwas sagte. Sie lächelte bei der Versuchung, jene Gedanken in Worte zu fassen, die ihre Schritte auf dem Weg durch das Haus zum Balkon verlangsamt hatten. Aber nein, es war besser zu schweigen. Es lohnte sich nicht, an alten Groll zu erinnern; nicht an diesem Tag, an dem das Dorf einen Helden bekam, ohne daß jemand dafür be-

zahlen mußte. Weder mit harter Arbeit noch mit Bücklingen.
Alle diejenigen im Dorf und in der Umgebung, die besser mit Zahlen als mit Werkzeugen umgehen konnten, hatten den Marktpreis dieses Helden schon längst berechnet. Sie würden dafür sorgen, daß der Kurs stieg; schließlich war der Konsul weder besser noch heiliger als die verehrte Muttergottes von *Fátima*, die nicht wenigen Leuten die Taschen füllte.
Nur der Journalist ahnte vielleicht einen flüchtigen Augenblick lang, welche Gedanken und Worte Mariana bewegten, und daß sie nicht wußte, was sie damit machen sollte. Würde sie diese Worte aussprechen? Auf ihren geschlossenen Lippen lag jenes ausdrucksvolle, aber leicht apathische Lächeln, das an ihren Vater erinnerte.
Und als man ihr das Mikrophon reichte, auf dem Balkon über dem großen Platz, dem die herannahende Nacht schon die Farben genommen hatte, ertönte aus dem Munde Marianas ein Danke.

«Danke, daß Sie alle gekommen sind.»

Es war wirklich meine Absicht, alle diese Leute zu retten.
Der Fall Sousa Mendes

Die Geschichte des Diplomaten Aristides de Sousa Mendes, der gegen die Instruktionen von Diktator Salazar und in einem schwindelerregenden Wettlauf mit der Zeit an wenigen Tagen des Juni 1940 in Südfrankreich Visa an Flüchtlinge ausgab – damit rettete er Tausenden das Leben vor Hitler. Dafür wurde er seines Amtes enthoben, und trotz seiner ein halbes Jahrhundert später erfolgten «Rehabilitierung» ist dies ein portugiesischer, ja, ein europäischer Skandal.

Sousa Mendes, der seinen Vornamen nicht umsonst nach dem griechischen General und Staatsmann «Aristides, der Gerechte» erhalten hatte, wurde 1885 als Sohn einer aristokratischen und streng katholischen Familie in Cabanas de Viriato (Beira Alta, Mittelportugal) geboren. Gemeinsam mit seinem Zwillingsbruder César wählte er das Jurastudium als Sprungbrett für die Diplomatenlaufbahn. Nach Stationen in Britisch-Guyana und Sansibar sowie einem ersten Aufenthalt in Brasilien wurde Aristides wegen seiner offen antirepublikanischen Gesinnung 1919 vorübergehend vom Dienst suspendiert. Die Zeiten waren stürmisch, und die junge portugiesische Republik war schweren Prüfungen ausgesetzt: Dem Putsch folgte der Gegenputsch, bis es 1926 zur Errichtung einer Diktatur kam. Der anfängliche militärische Machtapparat wurde vom nachmaligen «Retter der Nation», António de Oliveira Salazar, gegen eine Zivilregierung ausgetauscht – was Salazar für die nächsten Jahrzehnte auf geradezu mirakulöse Weise unantastbar machte.

Mit dieser geschichtlichen Wende besserte sich auch das berufliche Schicksal der beiden Brüder Mendes: Aristides wurde nicht mehr in tropische Zonen weit weg von Europa verpflanzt, sondern durfte im benachbarten Vigo Dienst tun, bevor er 1929 den äußerst begehrten Posten eines Generalkonsuls in Antwerpen erhielt. Sein Zwillingsbruder César wurde gar der erste Außenminister in Salazars neuem Kabinett – ein Glück, das freilich nur von kurzer Dauer war, fiel César doch schon bald jenen Palastintrigen zum Opfer, denen nicht nur ein portugiesisches Außenministerium das Feudale seiner Existenz verdankt.

Hatte Salazar zu Beginn seiner politischen Karriere der Unterstützung von Monarchisten wie der Brüder Mendes sehr wohl bedurft – bestand doch, nach einer damaligen Schätzung des Dichters Fernando Pessoa, «die Hälfte der Nation aus Monarchisten» –, so dürfte er nach der Konsolidierung seiner Macht den Aufstieg der um vier Jahre älteren Brüder Mendes nicht ungern wieder gebremst gesehen haben. Mit den Genannten verband ihn eben nur oberflächlich betrachtet dieselbe Herkunft aus einer ländlichen, stockkonservativen Gegend, dieselbe Studienrichtung an der traditionsreichen Universität Coimbra, dieselben ideologischen Überzeugungen. Dem Urteil seines Zeitgenossen Pessoa zufolge war der portugiesische Diktator «das Produkt einer Fusion von Beschränktheiten: die ländlich knausrige Seele eines Bauern von Santa Comba (Geburtsort Salazars) weitete sich an Kleinheit durch die Erziehung im Priesterseminar, durch die gelehrte Unmenschlichkeit von Coimbra, durch das rigide und schwerfällige Spezialistentum seines gewählten Schicksals eines Professors der Finanzen». Was die Kleinheit der Seele noch bestärkt haben dürfte, war der Standesunterschied: Nicht nur den Brüdern Mendes verübelte es Salazar, daß sie in ein gesellschaftlich privilegierteres Nest hineingeboren worden waren als er selbst.

Mit der Abberufung von César als Außenminister wurde auch die Karriere von Aristides in Belgien immer härteren Prüfungen ausgesetzt. Doch mit der politischen Verfolgung setzte auch eine politische Aufklärung ein: die Brüder erkannten bald, daß sie keinen «wohlwollenden Despoten», wohl aber einen perfiden Autokraten unterstützt hatten, dessen «hassenswerteste Eigen-

schaft die Unterdrückung jeglicher öffentlicher Freiheit» war – wie es ihm Fernando Pessoa schon früh bescheinigte.
Am 1. August 1938 wurde Aristides, der sich wohl nie so gut gefühlt haben dürfte wie in Belgien, wo er nicht nur die Wertschätzung der dort ansässigen portugiesischen Immigranten, sondern auch jene des Königs Léopold genoß, der ihn mit dem für Ausländer höchsten Orden ausgezeichnet hatte, nach Bordeaux versetzt. Dreizehn Monate später begann der Zweite Weltkrieg, in dem Salazar aus Rücksicht auf England, den Bündnispartner seit Jahrhunderten, nach außen hin «Neutralität» verordnete – obwohl sein «an Kleinheit weites» Herz, wenn auch nicht ganz so mächtig wie das seines *compadre* Franco im benachbarten Spanien eindeutig für die Achsenmächte schlug.
Im November 1939 ergeht an alle portugiesischen Konsulate im Ausland ein Rundschreiben, wonach diese im Falle bestimmter Antragsteller für ein Visum nach Portugal das Außenamt in Lissabon (dessen Minister in einer Ämterkumulierung ebenfalls Salazar ist) zuvor um Erlaubnis fragen müssen. Dies betrifft sowohl Exilportugiesen als auch alle jene Ausländer, deren Nationalität nicht eindeutig bestimmt ist oder in Frage steht: Staatenlose; Träger des Nansen-Passes; Russen; Juden, die aus den Ländern, deren Nationalität sie besitzen oder aus denen sie kommen, ausgewiesen wurden, sowie ganz allgemein «Ausländer, die in ihre Herkunftsländer nicht mehr frei zurückfahren können» usw. Es betrifft in der Tat und mit einem Wort all jene, die vor Hitler flüchteten.
Angesichts eines solchen Dekrets ersuchte der Generalkonsul Aristides de Sousa Mendes in Bordeaux ohne Angabe von Gründen um seine Rückberufung nach Lissabon. Er sah sich außerstande, einer Verordnung nachzukommen, die sogar gegen die portugiesische Verfassung verstieß, untersagte diese doch jegliche religiöse Diskriminierung. Eine solche wurde ihm aber nun von oben befohlen, indem er die vielen Unglücklichen an seiner Tür auch noch fragen sollte, ob sie Juden seien. Während der Konsul vergeblich auf seine Rückberufung wartete, schickte

er Hunderte Telegramme um Visagenehmigungen nach Lissabon – und handelte bereits stillschweigend wider die neue Verordnung. In zwei Fällen wurde er ertappt und verwarnt. Man drohte ihm mit einem Disziplinarverfahren.

Im Frühjahr 1940 überfällt Hitler Holland, Luxemburg, Belgien und Frankreich. Hunderttausende, ja Millionen Flüchtlinge setzen sich in Richtung Süden in Bewegung. Salazar konzediert eine «Generalamnestie» für die portugiesischen politischen Flüchtlinge in Frankreich, um sie dann meist gleich an der portugiesischen Grenze verhaften zu lassen. Nachdem am 14. Juni auch Paris von den Deutschen okkupiert worden ist, verschärft der Diktator die Visavorschriften noch um den Zusatz, daß nur diejenigen, die eine Schiffskarte und ein Visum für ein außereuropäisches Land vorweisen können, nach Portugal einreisen dürfen.

In der Wohnung des Konsuls ist jeder freie Platz von Flüchtlingen belegt. Vor dem Büro sind Soldaten postiert, damit der Andrang nicht in ein Chaos mündet. Am 14. Juni erleidet Sousa Mendes einen Nervenzusammenbruch. «Er hat, wie der französische Staat, drei Tage um sich zu entscheiden, zwischen der Klugheit des Aufgebens und dem Mut des Widerstands», wird Rui Afonso, der die Geschichte des Konsuls in jahrelanger Kleinarbeit recherchiert hat, später schreiben. Anders als der französische Staat entscheidet sich der Konsul, gemeinsam mit seiner Ehefrau Angelina, für den Mut. Durch den galizischen Rabbiner Chaim Kruger läßt er den Flüchtlingen am 17. Juni ausrichten, daß ausnahmslos alle ein Visum von ihm erhalten.

Drei Tage später (die Deutschen bombardieren in der Nacht vom 19. auf den 20. Juni Bordeaux) setzt sich über die Brücke zwischen Hendaye und Irun, dem einzigen Weg, den die Spanier gestatten, ein Massenexodus in Bewegung. Sousa Mendes hatte auch dem französischen Honorarkonsul in Toulouse die Vollmacht zur Ausstellung von Visa erteilt und begibt sich persönlich nach Bayonne, wo ebenfalls Tausende von Flüchtlingen die Zweigstelle des portugiesischen Konsulats belagern. Dort befiehlt er «als Vorgesetzter» einem sich nur kurz sträubenden Beamten, seinem Beispiel zu folgen und jedem, der darum ersucht, ein Visum auszustellen. Inzwischen schwärzt in Bordeaux ausgerechnet die englische Botschaft den Konsul an, indem sie sich beim portugiesischen Außenministerium in Lissabon beschwert, dieser gebe auch nach den Amtsstunden Visa aus, wohl um «Extratarife zu kassieren»…

Die Antwort aus Lissabon läßt nicht lange auf sich warten: Sousa Mendes wird aufgefordert, das Konsulat sofort zu verlassen. Teotónio Pereira, der portugiesische Botschafter in Madrid, wird an den Ort des «Vergehens» geschickt, um die «Ordnung» wiederherzustellen.

Sousa Mendes stellt weiterhin Visa aus, jetzt im Hotel und auf der Straße; er fährt nach Hendaye, um persönlich bei den Grenzbehörden zu intervenieren, bringt Flüchtlinge in seinem eigenen Auto, einer Spezialanfertigung mit siebzehn Plätzen für ihn und Angelina, ihre zwölf Kinder und drei Dienstboten, auf einem nur ihm bekannten Weg über die französisch-spanische Grenze. Am 24. Juni zeigen die Gegenmaßnahmen des Diktators ihre Wirkung und es steht überall zu lesen: Alle von Sousa Mendes erteilten Visa für Portugal sind null und nichtig. Teotónio Pereira und seine Helfer dürfen sich über das Lob des deutschen Militärattachés freuen, nachdem sie zuvor die Rüge der spanischen Regierung einstecken mußten, Portugal sei anscheinend bereit, «den Abschaum der demokratischen Regimes» aufzunehmen. Die neuen Instruktionen lauten denn auch prompt: nur mehr Visa für Belgier, falls diese «Persönlichkeiten», und für Franzosen, die «gente limpa» (reine Leute) seien – ein Ausdruck aus den Zeiten der Inquisition, der «nicht jüdisch» bedeutet.

An der portugiesischen Grenzstation Vilar Formoso schäumt der Chef der P.V.D.E., Agostinho Lourenço, vor Wut, als er feststellt, daß die Visa all dieser Leute, die wie Heuschrecken in ein Land einfallen, dessen Friedhofsruhe er zu sichern hat, von jenem Konsul in Bordeaux ausgestellt sind, der ihm schon öfter zu schaffen gemacht hat. Doch gilt es, die Kröte zu schlucken und so zu tun, als seien all diese unerwünschten Personen mit ausdrücklicher Erlaubnis der Regierung im Land. Diese Lüge werden nicht nur die Widersacher des Konsuls später in ihren Memoiren selbst kurz vor ihrem Tod noch zementieren, sondern ihr wird noch Jahrzehnte später auch so mancher «neutrale» Historiker aufsitzen, wenn er sich wohlwollend über dieses Kapitel europäischer Geschichte beugt.

Le Portugal, Pays de Rêve et de Poésie war der Titel eines jener Bücher gewesen, die der Konsul seinerzeit in patriotischem Eifer in Belgien verfaßt hatte. Tausenden und Abertausenden Flüchtlingen, die dank der Aktion eines einzigen, gegen seine Pflicht verstoßenden Mannes dem Grauen entronnen waren, mag Portugal in jenem dramatischen Sommer tatsächlich wie das letzte europäische Land der Träume erschienen sein. Doch werden leider selbst diejenigen, die es besser hätten wissen müssen, auch später nicht Sousa Mendes ihre Huldigung erweisen, sondern immer nur Salazar dankbar sein. Wie zum Beispiel Otto von Habsburg, der ebenfalls mit einem Visum des ungehorsamen Konsuls in das rettende Land gekommen war. Dem Sohn des letzten österreichischen Kaisers legte der portugiesische Diktator dann persönlich nahe, Portugal schleunigst zu verlassen, da die Deutschen bereits um seine Auslieferung ersucht hätten. Aber auch die Diplomatenfamilie Vleeschauer, deren ganzes Gefolge auf dem Gut von Mendes einen wunderbaren Sommer verbrachte, während sich das Familienoberhaupt in London um die Bildung einer belgische Exilregierung bemühte, konnte sich in der Hitze der zahlreichen Gefechte, die schließlich in der glücklichen Übernahme eines Postens als Generalgouverneur von Belgisch-Kongo gipfelten, gewiß nicht um das weitere Schicksal des Konsuls kümmern.

Während die meisten Flüchtlinge in Lissabon, Porto und in Thermal- und Badeorten wie Caldas da Rainha oder Figueira da Foz, zum Teil unterstützt von internationalen Hilfsorganisationen, auf die Weiterreise in ein außereuropäisches Land warten, sieht sich Sousa Mendes hinter verschlossenen Türen einem Disziplinarprozeß ausgesetzt, dessen Urteil der Diktator bereits im voraus gefällt hat. Dies bedeutet nicht nur das Ende seiner dreißigjährigen Karriere als Diplomat, sondern auch die gesellschaftliche Ächtung seiner Familie.

Besonders erbost ist man im Außenministerium, daß der Angeklagte keine Reue zeigt, sich «moralisch» zu verteidigen sucht und auf seiner «elementaren menschlichen Pflicht» beharrt, ja sogar frech in seiner Selbstverteidigung schreibt: «Es war wirklich meine Absicht, alle diese Leute zu retten.» Doch wie der gewiß wohlwollendste unter den Zeugen von Mendes mit vielleicht nicht unfreiwilliger Ironie bemerkte, wisse man, «daß ein Beamter nicht menschlich sein darf, wenn es darum geht, Befehle, welcher Natur auch immer, zu erfüllen».

Der Konsul, der noch immer mehr als ein halbes Dutzend Kinder zu ernähren hat, versucht mit sechsundfünfzig Jahren einen neuen Beruf als Rechtsanwalt, doch der einzige Fall, den er – mit Erfolg – übernehmen darf, wird derjenige seiner beiden Söhne Sebastião und Geraldo sein, die im Juni 1943 nach London gelangen, wo sie sich dem Heer der Alliierten anschließen, wofür ihnen Salazar die portugiesische Staatsbürgerschaft entziehen will. Als es einer seiner Töchter gelingt, eine Stelle als Schreibkraft im staatlichen Exportgremium für Fischkonserven – die fast alle nach Hitlerdeutschland geliefert werden – zu ergattern, muß die Tochter sich eine Rüge ihres Chefs gefallen lassen, der inzwischen, wie üblich, Mendes' Dossier bei der P.V.D.E eingesehen hat. Die finanzielle Lage der Familie Mendes verschlechtert sich drastisch. Wenige Tage vor Kriegsende erleidet Sousa Mendes einen Schlaganfall, von dessen Folgen er sich trotz eiserner Disziplin in den wenigen Lebensjahren, die ihm noch bleiben, nie mehr ganz erholen wird.

Bei Hitlers Tod wird in Portugal drei Tage Staatstrauer verordnet, die Flaggen der öffentlichen Gebäude werden auf Halbmast gesetzt, eine Peinlichkeit, die später dem Sekretär des Außenamtes und langjährigen Widersacher der Brüder Mendes, Sampaio, zugeschrieben wird. Der Dikator fügt sich vorerst zum Schein dem neuen Wind; der Sieg der Demokratien in Europa läßt viele Portugiesen auch für ihr Land neue Hoffnung schöpfen. Es soll «freie Wahlen» geben, die Opposition formiert sich unter der «Bewegung der demokratischen Einheit» (M.U.D.), die Listen mit den Namen ihrer Anhänger dürfen sogar in der Presse veröffentlicht werden – was offensichtlich zu dem einzigen Zweck geschieht, die Arbeit der politischen Polizei zu erleichtern, die nun genau weiß, wer ihre Feinde sind. Denn Salazar hatte niemals daran gedacht, eine freie Wahl zuzulassen, und seine Partei wird schließlich auch die einzig «wählbare» bleiben.

Trotzdem läßt das Ende des Krieges auch den Konsul wieder neue Hoffnung schöpfen. Vor allem, nachdem der Diktator selbst im Parlament eine denkwürdige Rede gehalten hat, in der er an die menschliche Behandlung erinnert, die sein Regime den Flüchtlingen angedeihen ließ – eine Tat, die, wie sich Salazar anhand vieler Zeitungsausschnitte rühmen darf, auch das demokratische Ausland gepriesen hat. In einem Appell an das portugiesische Parlament protestiert der Ex-Konsul gegen die Absurdität, für etwas bestraft worden zu sein, wofür der Staat «in Portugal und im Ausland gelobt worden ist, offenbar irrtümlich, denn die Lobreden gebühren dem Land und seiner Bevölkerung, deren altruistische und menschliche Gefühle einen breiten universellen Widerhall fanden, was Portugal dem Ungehorsam des Bittstellers verdankt». Nachdem er keine Antwort erhält, richtet Sousa Mendes den gleichen Appell an jeden einzelnen Abgeordneten desselben Parlaments, in der Überzeugung, daß dieses, falls es nicht faschistisch sei, jemandem, der die Verfassung niemals verletzt habe, sein Recht doch nicht verweigern könne. In einem letzten Akt der Verzweiflung wendet sich der Ex-Konsul sogar an das Korps der ausländischen Diplomaten in Lissabon, wo er doch nur allzu gut wissen muß, daß es jenen Herren ja von Amts wegen verwehrt ist, sich in die inneren Angelegenheiten eines anderen Landes einzumischen. Mendes schreibt an Seine Exzellenz Carmona, Präsident der Republik; er ersucht um eine Audienz bei Kardinal Cerejeira, Oberhaupt der katholischen Kirche Portugals, der als engster Freund Salazars dem «Sünder» freilich nur raten kann, zu «Unserer Lieben Frau von Fátima» zu beten.

An Versuchen, das Verhalten des Konsuls in jenen dramatischen Tagen des Juni 1940 zu erklären, hat es beileibe nicht gefehlt: Er war, so berichten seine Kinder, die nicht alle die Tat ihres Vaters billigten, als überzeugter Katholik ein überzeugter Anti-Nazi; er soll sich selbst als ein Instrument des göttlichen Willens gesehen haben; er wollte ein historisches Unrecht der Portugiesen sühnen, die 1497 unter dem Druck des benachbarten Spanien die Juden des Landes verwiesen hatten; sein eigener Familienname, Mendes, lasse Schlüsse zu, daß er selbst einen jener unglücklichen Urahnen hatte, die sich damals zwangstaufen ließen und als sogenannte Neuchristen meist in unwegsamen Gegenden wie Beira Alta oder Trás-os-Montes überlebten. Und er wollte vielleicht Buße für seine vielen Sünden tun, zu denen seine französische Geliebte Andrée und ihre gemeinsame, im Oktober 1940 geborene Tochter gehörte.

Rui Afonso, der sich in seiner Biographie des Konsuls bemüht, zu den vielen überlieferten schlechten Eigenschaften von Andrée auch einige gute aufzuzählen, berichtet uns, wie die politische Polizei Portugals besagter Andrée die Einreise in das Land noch zu verweigern suchte, als Mendes sie nach dem Tod seiner Frau Angelina und nachdem fast alle seine Kinder Portugal verlassen hatten, 1949 mittels Vollmacht ehelichte. 1950 darf Mendes zum ersten Mal seine jüngste Tochter sehen, die in Frankreich lebt. Andrée wird an seiner Seite bleiben und den kranken Mann pflegen – auch wenn dies in den Augen der Familie und der Bewohner des Dorfes Cabanas de Viriato, wo er sich auf sein mit Hypotheken belastetes Familienanwesen zurückgezogen hat, nur «aus Habgier» geschah.

Am 3. April 1954 starb Sousa Mendes nach einem neuerlichen Schlaganfall in einem Lissaboner Armenspital. Salazar schickte seinem Zwillingsbruder César ein Beileidstelegramm. In der Hauptstadt von Belgisch-Kongo veröffentlichte ein ehemaliger Flüchtling einen Artikel, in dem des portugiesischen Konsuls unter dem Titel *Un grand ami de la Belgique est mort* gedacht wird. Es wird für lange Zeit der einzige bleiben.

Von den zwölf Kindern des Ehepaars Angelina und Aristides de

Sousa Mendes begannen zwei von Amerika aus den Kampf um die Rehabilitierung ihres Vaters. Als der schon erwähnte Sebastião sich noch zu Lebzeiten Aristides' an einige Zeitungen wandte, bekam er allerdings zunächst zu hören, daß «diese Geschichte schon veraltet» sei – auch von der bekannten Journalistin Dorothy Thompson, die ausführlich über die Flüchtlinge geschrieben und selbst ein Visum von Sousa Mendes erhalten, ja sogar bei ihm zu Hause getafelt hatte. 1951 veröffentlichte Sebastião im Eigenverlag und unter Pseudonym das Buch «Flight to Hell», in dem er die Geschichte seines Vaters auf hollywoodeske Art erzählte und trotzdem keine Leser fand, worauf er die meisten Exemplare verbrannte. 1961 überredete er seinen jüngsten Bruder Paulo, der es vorzog, sich lieber nach der Mutter Abranches zu nennen, einen anderen Journalisten aufzusuchen, und dieser veröffentlichte an Hand von Sebastiãos Unterlagen denn auch einen ersten Artikel in einer amerikanischen Zeitung: «Korrektur der Fakten über einen Diktator und einen Helden».

1959 hatte sich Mendes' Tochter Joana in New York ein Herz gefaßt und an den Präsidenten von Israel, Ben Gurion, einen ausführlichen Brief gerichtet. In einer Antwort darauf teilte man ihr zwei Jahre später mit, daß ihr Fall überprüft worden sei und man im Gedenken an ihren Vater vor dem Museum Yad Vashem zwanzig Bäume pflanzen werde. Einer der Zeugen während der israelischen Untersuchung war der galizische Rabbiner Chaim Kruger, der Mendes in Bordeaux bei der Ausstellung von Visa behilflich gewesen war. 1967 wurde in Anwesenheit Krugers der Familie Mendes im israelischen Konsulat in New York die höchste Medaille des Yad Vashem überreicht: «Für Aristides de Sousa Mendes, das dankbare jüdische Volk».

Joana setzte nun alles daran, für ihren Vater auch in Portugal eine posthume Ehrung zu erwirken, sammelte Aussagen von ehemaligen prominenten Flüchtlingen, an deren Namen sie sich noch erinnerte, und schickte das gesamte Material 1968 an den damaligen portugiesischen Außenminister Franco Nogueira. Daß dieser nachmalige Hagiograph Salazars ihr keine Antwort gab, ist

ebenso verständlich wie das Schweigen mehrerer anderer hoher Würdenträger bis zur Nelkenrevolution.
Doch selbst der 25. April 1974, der der längsten Diktatur Europas endlich ein Ende setzte, sollte im Fall des Aristides de Sousa Mendes noch lange keine Wende bedeuten. Eine seltene Ironie des Schicksals mag dazu beigetragen haben, daß der Konsul im freien Portugal vorerst «politisch nicht opportun» war.
Mario Soares, Mitbegründer der Sozialistischen Partei Portugals und in den turbulenten Monaten nach der Revolution erster Außenminister der jungen portugiesischen Demokratie, antwortete Joana nicht, als diese ihm gleich nach der politischen Wende schrieb. Sein Nachfolger Melo Antunes gab zumindest eine Untersuchung in Auftrag – deren Ergebnisse den ersten, mutigen portugiesischen Aufdecker, den Beamten des Außenministeriums Bessa Lopes, bei seiner weiteren Karriere nicht unwesentlich behinderten. Nach Lopes' Tod 1980 wurde der Fall Mendes jener Kommission übergeben, die im demokratischen Portugal dafür eingesetzt worden war, Opfer des Salazar-Regimes zu rehabilitieren. Selbst ihre Empfehlungen wurden wieder unter den schweren Teppichen des Außenminsteriums erstickt. Nur zwei portugiesische Journalisten interessierten sich für den Fall des Konsuls, der schnell vergessen war.
Nun wurde João Paulo Abranches, inzwischen fünfundfünfzig Jahre alt, aktiv und organisierte in Amerika eine Unterschriftensammlung für die Rehabilitierung seines Vaters in Portugal. Zu Hilfe kam ihm, daß in jenen Tagen gerade der Fall Wallenberg bekannt geworden war; dessen auf den ersten Blick hin oberflächliche Ähnlichkeit mit jenem des Konsuls verhalf João Paulo zu einem Interview. Der Direktor einer einflußreichen jüdischen Organisation las es und beschloß, João Paulo aufzusuchen, wonach alles vorerst sehr rasch ging: ein «International Committee for the commemoration of Dr. Aristides de Sousa Mendes» wurde an gleich vier Orten (Oakland, Lissabon, Jerusalem und Montreal) ins Leben gerufen, und Tony Coelho, ein Politiker des amerikanischen Kongresses mit portugiesischen Vorfahren, konnte für die Sache gewonnen werden. Der Ehrungen in Ame-

rika gab es daraufhin viele – doch das offizielle Portugal schwieg weiterhin. Erst im November 1988 sollten alle im portugiesischen Parlament vertretenen Parteien einem Antrag auf die Rehabilitierung von Sousa Mendes endlich zustimmen, nachdem ein solcher zwei Jahre zuvor noch abgelehnt worden war. 1990 veröffentlichte der Luso-Amerikaner Rui Afonso im Lissaboner Verlag Caminho sein Buch *Injustiça. O Caso Sousa Mendes* (Ungerechtigkeit. Der Fall Sousa Mendes), eine ebenso minuziöse wie leidenschaftliche Dokumentation, die dem «Diplomaten im Dienst des Volkes, Dr. Nuno Álvares de Bessa Lopes» gewidmet ist. Darin empörte sich Afonso über die Kleinmütigkeit der portugiesischen Politiker, die trotz mannigfachen Drucks von außen in nunmehr fünfzehn Jahren Demokratie nicht bereit gewesen seien, den Konsul zu rehabilitieren. In seinem Nachwort klagt er auch die portugiesische Öffentlichkeit in bitteren Worten an. Nachdem 1991 der (nun auch auf deutsch vorliegende) Roman von Júlia Nery erschien, der die Fakten dieser Geschichte fiktional aufarbeitet, begann sich das portugiesische Fernsehen der Sache anzunehmen. 1993 wurde zum ersten Mal eine Dokumentation über Aristides de Sousa Mendes gezeigt. Im März 1995 raffte sich dann das offizielle Portugal zu einer nationalen Ehrung auf, die mit viel Pomp im Kinotheater Tivoli in Lissabon über die Bühne ging.
Aber selbst während dieser Zeremonie zeigte sich die Halbherzigkeit eines Regimes, als einer der Redner es sich nicht verkneifen konnte, «Vorbehalte» anzumelden, die die Tat von Mendes in «formaler Hinsicht» beträfe. Dieser Überzeugung war schon Ministerpräsident Cavaco Silva gewesen, als er sich 1986 zum ersten Mal geweigert hatte, jemanden zu ehren, der doch seinen Vorgesetzten gegenüber so großen «Ungehorsam» an den Tag gelegt hatte. Gleichzeitig wurde in der Metrostation Parque ein wahrhaft seltsames Denkmal eher «ver-» denn «ent»hüllt: In einer Art Säule ist dort eine kleine Medaille versteckt, auf der eine Silhouette eingraviert ist; den Namen «Aristides de Sousa Mendes» kann man unter Zuhilfenahme einer Lupe gerade noch entziffern.

Ein paar Worte noch zur Geschichte des Herrenhauses, das Júlia Nery gleichsam symbolisch in den Mittelpunkt ihres Werkes stellt: Nachdem Andrée den Ort Cabanas de Viriato einige Monate nach dem Tod ihres Mannes verlassen hatte, wurde das Haus von unbekannten Dieben geplündert, die sich auch der Familienkorrespondenz bemächtigten. Drei Jahre später verordnete ein Gerichtsbeschluß die öffentliche Versteigerung des Besitzes. Der neue Eigentümer benutzte es zeitweilig als Hühnerstall; später hielt die Ortsfeuerwehr hin und wieder ihre Übungen darin ab und legte sogar einmal Feuer im oberen Stockwerk.

Als sich in den achtziger Jahren auch in Cabanas eine örtliche «Kommission zur Ehrung von Sousa Mendes» bildete, dachte diese an eine Restaurierung des schon sehr verfallenen Hauses und gewann zunächst die Unterstützung von Mario Soares, mittlerweile Staatspräsident, der zu diesem Zwecke eine weitere Kommission einsetzen ließ. Man sprach davon, ein «Friedenszentrum» errichten zu wollen, dann eine «Mahnstätte des Holocaust». Doch all diese Pläne schliefen wieder ein. In einer Zeitungsmeldung vom Dezember 1996 war zu lesen, daß aus dem ehemaligen «Palacete» ein Hotel werden soll.

Im März 1997 konnte sich die Verfasserin dieser Zeilen an Ort und Stelle davon überzeugen, daß der Verfall des Gespensterhauses inzwischen wohl endgültig ist.

Die 1988 im Parlament beschlossene Rehabilitierung und posthume Wiedereingliederung des Konsuls in den diplomatischen Dienst ist vom portugiesischen Außenministerium immer noch nicht vollzogen worden.

Ilse Pollack

Aristides de Sousa Mendes als junger Diplomat

Das Herrschaftshaus in Cabanas de Viriato

Aristides de Sousa Mendes im Kreis seiner Familie

Glossar

Alentejo
Provinz im Süden Portugals mit ausgedehnten Getreidefeldern und Weidelandschaften

Bairro Azul
Stadtviertel Lissabons

Beira
Mittelportugiesische Region, die drei Provinzen umfaßt: die Beira Litoral (Küstenbeira), die Beira Alta (Hochbeira) und die Beira Baixa (Niederbeira)

Camões, Luís Vaz de
Portugiesischer Lyriker und Epiker, 1524/25–1580

Estado Novo
Der «Neue Staat» Salazars, der mit der scheindemokratischen Verfassung von 1933 begann und mit der Nelkenrevolution 1974 endete

Fátima
Bedeutender katholischer Wallfahrtsort im Distrikt Santarém in Mittelportugal. Die Wallfahrten gehen auf den Bericht dreier Hirtenkinder (darunter das Mädchen Lúcia) zurück, denen 1917 jeweils am 13. der Monate Mai bis Oktober die «Muttergottes vom Rosenkranz» unter einer Steineiche erschienen war

Jeropiga
Aus Most und Branntwein hergestellter, meist hausgemachter süßer Wein

Légua
Altes Wegmaß, das fünf Kilometern entsprach

Nelkenrevolution
Militärputsch, der am 25. April 1974 dem Regime Salazars sechs Jahre nach dessen Abgang von der politischen Bühne ein Ende setzte. Der Name rührt daher, daß die Bevölkerung die uniformierten Befreier mit Nelken überschüttete

P.V.D.E.
Abkürzung für «Polícia de Vigilância e da Defesa do Estado»: bis 1945 politische Polizei im salazaristischen Machtapparat. Ab 1945 heißt sie P.I.D.E. (Polícia Internacional e da Defesa do Estado)

Quinta
Gut; landwirtschaftlicher Grundbesitz

Real, Réis
Alte portugiesische Währungseinheit

Santos foliões
Auch «santos populares» genannt: der heilige Antonius von Padua, der heiligen Petrus und Johannes der Täufer, deren Feste, die zum Teil an heidnische Traditionen im Zusammenhang mit der Sommersonnenwende anknüpfen, im Juni gefeiert werden

S. Domingos
Platz mit gleichnamiger Kirche in Lissabon, in unmittelbarer Nähe zu dem berühmten Platz Rossio, auf dem während der Inquisitionszeit Ketzerverbrennungen stattfanden

Tostão, Tostões
Ehemalige portugiesische Münze

Tarrafal
Internierungslager für politische Häftlinge auf der Insel São Tiago (Kap Verde)

T.S.F.
Radiosender

União Nacional
Einheitspartei unter Salazar

Fotos: © J. Nery